Les éditions H&O reçoivent le soutien
de la Région Languedoc-Roussillon

Pour être tenu régulièrement informé de nos publications,
il suffit de nous faire parvenir vos nom et adresse à :
H&O éditions - SC 00001 - 34270 Le Triadou
ou de consulter notre site web : www.ho-editions.com

Comment je n'ai pas eu le Goncourt

Du même auteur

Les Ombres du levant
roman, Critérion, 1996

Le Plongeon
roman, H&O, 2002 - H&O poche, 2008

Le Château du silence
roman, H&O, 2003

« Le Tokay sonne toujours deux fois »
in *Le premier Festin*
nouvelle, H&O, 2003

« Les Enfants de février »
in *Tatouages, une histoire et des histoires*
nouvelle, Les Belles Lettres, 2005

La Quatrième Révélation
roman, H&O, 2005

« Swing à l'hôtel des Roses »
in *Fantômes du jazz*
nouvelle, Les Belles Lettres, 2006

L'Or d'Alexandre
roman, H&O, 2008

Site internet de l'auteur :
www.olivier-delorme.com

ISBN 978-2-84547-201-3

Olivier Delorme

Comment je n'ai pas eu le Goncourt

roman

H&O

Pour H., pour O.,
pour les 10 ans de H&O
et mes sept ans de partage avec eux.

Scoop létal à l'escale

Moi ; le Goncourt ! Jamais je n'y avais pensé avant que mon éditeur m'annonce au téléphone, le 11 septembre dernier, que j'étais l'un des quinze de la première sélection des jurés du Goncourt qui venait de tomber ce matin-là.

Quelques jours plus tard, je m'étais donc arraché au petit parallélépipède blanc que nous nous sommes acheté il y a cinq ans, mon mec et moi. Arraché, c'est le mot. Je ne sais pas vraiment si je crois en l'éternel retour de tonton Nietzsche, mais je sais que, aussi Français de souche profonde que je sois, chaque fois que je pose le pied sur le tarmac de l'aéroport d'Athènes, j'éprouve ce sentiment ineffable de l'exilé rentrant dans sa patrie. Chaque fois que le bateau arrive en vue de K., notre petite île-volcan, j'ai le cœur qui bat comme si nous allions jeter l'ancre à Ithaque après une odyssée de vingt-cinq ans. Chaque fois que je pousse la porte de notre maison de la Chora, l'ancienne capitale de K., aux neuf dixièmes désertée depuis le tremblement de terre de 1923, j'ai l'impression de rentrer dans ma coquille. Et chaque fois que je la quitte, même si c'est pour peu de temps, j'en ressens un véritable arrachement.

Je me suis donc arraché, j'ai embrassé mon mec encore endormi, je suis sorti. L'air était doux, sans un souffle de vent. Je me suis gavé de l'odeur du figuier, j'ai cueilli quatre figues blanches et je suis descendu au port. La mer était noire, sans une ride ; le bateau est arrivé presque à l'heure.

Une fois de plus, ça m'a serré le cœur de voir s'éloigner la masse conique de notre île. J'ai épluché et savouré mes figues, une à une ; l'aube s'est annoncée à la troisième. Somptueuse. Une aube qui commence par une sombre lueur violine derrière les montagnes d'Asie Mineure, un mauve dont les chevaux d'Apollon chassent les ténèbres en caracolant vers l'ouest et qui, sous leurs sabots, vire de la lavande au parme, de la cuisse-de-nymphe-kalymniote-émue à la mandarine astypaléate, pour éclater en un jaune semblable à ceux des citrons de K., pétant, déjà chaud, incroyablement vital, dès que Phébus franchit la crête — les citrons de K., les mandarines d'Astypaléa, les cuisses des nymphes de Kalymnos, émotives comme pas une, se caractérisant par des carnations incomparables à celles des nymphes, des mandarines et des citrons de tout autre endroit sur cette terre.

Ensuite, il y a eu l'épreuve de l'aéroport de N. Parce que, en été, à l'aéroport de N., on est toujours pris entre deux flux. Celui d'un charter en provenance de l'aéroport d'East Midlands, plein d'Anglais entre dix-huit et trente ans, roses, laids, souvent trop gras et généralement aussi bourrés que leur Airbus, à la bière qu'ils n'ont cessé d'écluser depuis leur décollage. Et celui d'un charter de Scandinaves entre dix-huit et trente ans, cramoisis, laids, souvent trop maigres, en attente du Boeing qui les aura ramenés à Malmö avant qu'ils aient cuvé leur quinzième cuite, à la bière, en quinze nuits qu'ils ont passées à N.

N., l'été, ne vous inspire pas une excessive confiance dans l'humanité.

Je tâche pourtant de ne pas trop virer au vieux con : cinquante ans, c'est l'âge où ça vous guette, je le sais. N'empêche, venir ici pour se murger toutes les nuits, se réveiller tous les jours à deux heures de l'après-midi avec une casquette infernale, aller cramer pendant trois heures sur un lit de plage et faire trois tours de banane gonflable tirée par un hors-bord, bouffer un *fish and chips* et recommencer à se murger dès 18 h 00 devant des matchs de foot du championnat anglais sur écran plat géant : ça me dépasse !

Moi, à leur âge, je débarquais en youyou, sac au dos, d'un bateau de ligne qui ne passait par là qu'une fois par semaine — les bonnes semaines —, à Kimolos, une poussière d'île où le chauffeur d'un triporteur pétaradant qui m'avait conduit au village m'avait appris qu'il n'y avait ni chambre chez l'habitant ni taverne. Juste une veuve chez qui il m'avait déposé, qui m'avait logé, sans même essayer de me violer. Sans accepter non plus la moindre rétribution bien sûr. Juste un café antédiluvien, à haut plafond, ventilateur en panne et chromos des années 1920, dont la patronne me servait ce qu'elle avait préparé au patron, pour quelques drachmes symboliques. Quant à la plage de Kimolos, déserte, elle bordait une anse d'eau turquoise, une eau douce, mais douce, si douce ; pas la moindre banane tirée par un hors-bord et un seul compagnon sur ce sable blanc, si blanc, à vous cramer la rétine : *Psychologie de masse du fascisme* de Wilhelm Reich.

Et allez donc ! — dirait mon mec s'il lisait par-dessus mon épaule — l'Ôteur va encore nous raconter sa guerre ! L'Ôteur ne va pas raconter sa guerre, mais l'Ôteur a de plus en plus souvent la tenace impression d'être en sérieux désaccord avec la marche du monde. Et puisqu'il est l'Ôteur, il ne voit pas très bien pourquoi il se priverait de l'écrire.

Ceci posé, mon mec est un type formidable. Nous cohabitons depuis un quart de siècle et nous avons été parmi les bien que j'eusse également croisé quelques spécialistes de l'escroquerie intellectuelle et quelques névropathes persuadés de leur inexistant génie. J'avais encore la perspective, au terme de ma vie de labeur, de toucher une retraite suffisante pour subvenir à mes besoins et me permettre quelques menus divertissements pascaliens — c'était avant l'euro et avant Brassov, à une époque où l'on n'avait pas encore condamné les vieux sans fortune personnelle au travail à perpétuité ou à la gêne et aux Restos du cœur.

J'ai donc accepté la proposition de mon mec qui consistait, en plus de devenir Ôteur entretenu, à partir une année pour savoir si j'étais l'homme d'un seul livre, très autobiographique, l'autobiographie fût-elle transposée à une époque et sous des cieux différents de ceux qui m'ont vu m'agiter, fallacieusement, en ce bas monde. Ou bien si j'étais capable d'en écrire un deuxième.

À partir où? Sur notre volcan, bien sûr. Ce volcan-là, je l'avais découvert deux ou trois ans auparavant, tout au bout de l'Égée. Cet été-là, mon mec et moi étions en crise: j'étais parti sans lui, avec quelques copains. Sur l'île située au sud de K., qui devait être notre dernière étape, j'avais rencontré un bel Hermès de passage, comme tout Hermès qui se respecte, dont les charmes et les fougueuses étreintes avaient de quoi m'occuper durant les trois jours qui nous restaient avant l'avion du retour. Pourtant, je m'étais soudain avisé, en feuilletant mon *Routard* entre deux assauts hermétiques, que l'île d'à côté était un volcan pas si éteint qu'il en avait l'air, et comme j'ai toujours été aussi curieux que jouisseur, j'avais décidé mes compagnons de voyages à aller voir de quoi il retournait.

Depuis une vingtaine d'années que je traînais mes guêtres dans l'Égée, je cherchais l'endroit où un jour, j'en étais certain, je poserais mes valises. Ici, c'était trop..., là pas assez...

Je n'avais rien vu de K., de ses villages ni de ses paysages à la splendeur brutale et périlleuse, de ses tufs friables ni de ses hérissements acérés de laves sombres, stupéfiées dans leur tohu-bohu, de ses cratères où le jaune côtoie le violet, où le vert sombre copule avec l'orange vif, où se mêlent le rouge et le noir. Je n'avais rien senti de ses odeurs de soufre qui, paraît-il, ressemblent à celle de l'œuf pourri, mais que nous goûtons tant, mon mec et moi, qu'en rentrant de nos balades aux cratères, nous ne nous douchons pas pendant au moins deux jours, parce que, sur la peau de l'autre, ce soufre-là embaume davantage que le plus délicat des parfums d'Arabie.

Je n'avais pas encore contemplé le crépuscule, forcément sublime, je n'avais savouré ni les figues, ni le miel, ni la *skordalia* — mélange d'ail et d'amandes —, ni les *pitia* — beignets de pois chiches à la menthe —, ni le cochon de K., tous ensemble aussi délectables que la nymphe kalymniote a la cuisse émotive ; je n'avais pas encore rencontré Athéna, posée au milieu de la route, ni vu Zeus planer au-dessus de la vallée qui sépare la crête où est construite la Chora de la montagne du *Prophitis Ilias*. Et pourtant, j'en prends à témoin Patrick et Bruno, cinq minutes après avoir débarqué sur la jetée de K. que domine un escarpement de roches noires sans séduction, je me retournai vers eux pour leur déclarer que, sans le moindre risque de méprise, c'était là *mon* endroit.

Et c'est bien là mon Ithaque. Mystère.

Au retour, parce que nous n'avions pas encore fait la paix et parce qu'il a le pyrrhonisme exacerbé, mon mec haussa les épaules. J'étais toujours le même, je m'emballais pour un rien, je n'aurais jamais le sens de la mesure. Mais quand, l'été suivant, notre équilibre retrouvé, il m'a accompagné là-bas, lui aussi a succombé aux sulfureux sortilèges de K. Avant de m'y expédier en relégation.

J'en suis rentré deux ans et deux livres plus tard, avec *Le Saut de l'ange* et *La Caverne des maudits* dans mes valises. J'en suis surtout rentré inadapté social. Irréductiblement. Aux rythmes, aux hypocrisies et aux impostures que suppose toute vie professionnelle. Ce qui ne laissait guère d'autre choix à mon mec que de me larguer ou de continuer à m'entretenir pendant que je continuerais à écrire mes niaiseries.

Heureusement pour moi, il a fait le second.

Il faut dire que si mon mec est aussi mon premier lecteur (sans la moindre indulgence), mon premier correcteur (à l'œil de lynx: il est traducteur dans une organisation internationale, c'est un vrai technicien de la langue), mon premier censeur (impitoyable), il croit néanmoins que j'ai ce qu'il est convenu d'appeler du talent. Il ne me le dira jamais parce que c'est un taciturne, mon mec, un taiseux et qu'il aurait peur, en me faisant le moindre compliment, que ça me gâche. Aussi rien ne peut-il me faire plaisir comme de l'entendre confier à son voisin, à la fin d'un dîner, lorsqu'il a suffisamment bu, sur le ton dont il lui révélerait un honteux secret de famille, ou qu'il confesserait une perversité sexuelle inouïe que, à ses yeux, je suis un sacré bon écrivain — peut-être même l'un des meilleurs de ma génération.

Rien ne peut me faire plus plaisir; même pas le Goncourt.

Ce foutu Goncourt à cause duquel j'ai dû quitter notre volcan, l'an dernier, au début de septembre, un des plus beaux mois là-bas, avec... non, il y en a trop. Qui me faisait quitter mon mec, parce qu'il n'avait aucune envie de rentrer à Paris et qu'avec Internet, désormais, il n'est plus obligé d'y être en permanence pour travailler. Foutu Goncourt! à cause duquel j'avais dû me fader les hordes d'Anglais et de Scandinaves de N., alors que j'aurais dû profiter de nos figues, de notre plage redevenue déserte, de la vie qui, après l'agitation du

15 août, recommence à couler comme le miel des abeilles du tavernier de la Chora, qui est aussi apiculteur — lentement, avec volupté. Foutu Goncourt ! à cause duquel je volais ce matin-là vers Athènes, en attendant de voler ensuite vers Paris.

Moi ; le Goncourt ! Je n'en revenais toujours pas, une semaine après le coup de fil de Sordel, en cherchant à reconnaître, sous les ailes de l'avion, la multitude de ces terres noyées dans le bleu de l'Égée que j'ai parcourues, sac au dos, pendant de si nombreuses années. Bien sûr, dès mon premier roman, j'ai été certain qu'il valait largement n'importe lequel des dix derniers Goncourts. Mais jamais je n'avais pensé que cela pourrait m'arriver, à moi. Quand j'étais chez H&O, de toute façon, la question ne se posait pas. Et puis on n'écrit pas pour avoir le Goncourt. En tout cas pas moi. Moi, j'ai toujours écrit après un choc, une rencontre, une colère.

Régine, une lectrice qui avait adoré *La Caverne des maudits*, mon meilleur livre et mon plus éclatant échec commercial, qui avait lu les autres dans la foulée, m'a dit au salon « Romans à Romans », où nous nous sommes rencontrés pour la première fois — physiquement puisque, par mes mots, je couchais avec elle, tout près au moins, depuis déjà quatre bouquins —, que chacune de mes histoires redonnait la parole à des gens qui en ont été privés. C'est un des avantages des salons, de vous permettre de rencontrer des lecteurs qui vous révèlent, sur vous-même et vos livres, des logiques dont vous êtes parfaitement inconscient. Car Régine mettait là le doigt, exactement, sur ce qui m'agit et me fait prendre la plume. Au centre de mes romans, il y a toujours une victime de la Bêtise soutenue par la Force, de la Vérité unique appuyée sur le Pouvoir — ces puissances qui font le malheur du monde… au moins depuis la conversion de Constantin à la Vérité unique de saint Paul. Elle avait raison, mais lorsqu'on écrit avec ce genre de motivation, à tout prendre et si l'on manque quelque peu de modestie comme moi, on s'attend davantage au Nobel qu'au Goncourt !

Ce matin-là, il devait y avoir embouteillage dans le ciel athénien ; avant d'atterrir, le commandant de bord nous avait offert un petit tour au-dessus de l'Attique : la presqu'île du Pirée, toute ronde, avec ses bateaux miniatures, dont on avait remonté le mécanisme et qui partaient pour une traversée de la baignoire égéenne ; les trois avenues rectilignes, Syngrou, Vénizélos, Piréos, qui mènent au centre d'Athènes ; la pièce montée du Lycabette et son église blanche en place de mariés en plastique ; la table de marbre de l'Acropole, avec son petit jeu de construction en partie écroulé. Les panaches de fumée crasseuse des raffineries d'Éleusis, sacrilèges plus que partout ailleurs en ce lieu où se déroulaient jadis les mystères les plus sacrés de Grèce en l'honneur de Déméter la nourricière, et puis, sur la gauche, l'île de Salamine.

Cela fait des années qu'Henri Dhellemmes, le H de H&O, me pousse à écrire un roman historique sur ces anciens Grecs avec qui je ne cesse de dialoguer depuis au moins trente-cinq ans. J'ai fini par m'y mettre l'été dernier ; et ça venait plutôt bien quand il avait fallu que je plie bagage pour regagner Paris à cause de ce foutu Goncourt. Je n'écris pas dans la douleur. Ou bien je n'écris pas. Si j'écris dans la douleur, c'est que ce n'est pas mûr. Et ça ne sert à rien ; ce n'est pas bon non plus.

Le héros de ce roman, ce sera Thémistocle, qui fit construire la flotte d'Athènes et aménager le premier port au Pirée. À la tête du parti démocratique, Thémistocle avait réussi à faire ostraciser Aristide, le chef du parti aristocratique — son rival en amour aussi, puisque tous deux voulaient mettre le beau

Stésiléos dans leur lit. Et lorsque les Perses avaient menacé Athènes, qu'Apollon, par la bouche de la Pythie de Delphes, avait dit que la cité devrait son salut à un rempart de bois, Thémistocle avait ferraillé dur, à l'assemblée du peuple, contre ceux qui voulaient ériger une palissade autour de l'Acropole, afin de convaincre ses concitoyens que ce rempart-là, ce seraient leurs navires.

Puis, parce qu'une cité n'est pas un territoire, qu'elle est une âme, il avait obtenu des Athéniens qu'ils abandonnassent leurs maisons et se transportassent à Trézène ou à Salamine, afin qu'Athènes restât Athènes — libre. On était en 2420 avant le 18 juin 1940. Dans le bras de mer séparant Salamine de l'Attique, la flotte athénienne avait envoyé par le fond celle de Xerxès, une espèce de Bush trop sûr de son écrasante supériorité, qui avait dû rentrer la queue basse à Persépolis.

Ensuite, Thémistocle avait à son tour été ostracisé par les Athéniens: il n'est jamais bon, pour une cité démocratique, de trop devoir à un seul homme. Thémistocle s'était réfugié à la cour du fils de ce Xerxès qu'il avait vaincu, et Artaxerxès lui avait offert une retraite dorée. Jusqu'à ce qu'il lui demande de l'accompagner dans une expédition contre la Grèce. Incapable de trahir les siens, comme de manquer à son bienfaiteur, Thémistocle s'était suicidé.

Est-ce que j'oserai l'intituler *Mémoires de Thémistocle*? Depuis que j'écris — « mais à qui donc, grands dieux? », m'interrompt en général mon mec quand je dis ce genre de choses —, je rêve et je tremble, d'une terreur sacrée, à l'idée de me colleter avec mes *Mémoires d'Hadrien*. On ne fait jamais rien qui vaille, en littérature, que par admiration; et dame Yourcenar est une de mes admirations absolues, avec les arrière-grands-pères Flaubert et Stendhal, Dumas et Anatole France, avec le grand-oncle de province Mauriac, catholique premiers pacsés, mais sans avoir jamais confondu l'amour avec un quelconque droit d'exclusivité sur les désirs de l'autre. Nous regardons dans la même direction, même si nous ne voyons pas toujours les mêmes choses. Nous ne sommes jamais aussi bien qu'ensemble ; les matins de ouiquendes ou de vacances, notamment, sont une pure merveille, lorsqu'il quitte sa chambre pour venir se blottir contre moi (on appelle ça « faire le Linus ») durant quelques heures de demi-sommeil d'une tendresse infinie.

Sans compter que c'est grâce à mon mec si je me suis retrouvé, quelques jours après les figues blanches et l'aube cuisses-de-nymphe-kalymniote-émue, plongé dans le cauchemar d'une marche triomphale vers le Goncourt transformée peu à peu en symphonie funèbre. Puisque c'est mon mec qui a fait de moi un Ôteur. Comment ? Pourquoi ? c'est une autre histoire, mais après la parution chez Talapoin de mon premier roman, *Les Fantômes du couchant*, puisque notre but dans l'existence n'était pas de faire fortune et qu'il gagnait suffisamment d'argent pour nous permettre de vivre dans une honnête aisance, il m'a proposé de m'affranchir du salariat et de passer le plus clair de mon temps à écrire.

Singulière générosité ; et singulier dilemme pour un garçon comme moi, qu'on n'avait pas élevé à devenir une manière de gigolo. Car avant que l'écriture nourrisse son homme... Agrégé d'histoire, j'avais mis toute mon énergie durant des années, non sans succès, à échapper au devoir qui m'incombait de concourir à alphabétiser des masses dont le système s'acharnait à faire des illettrés. Je poursuivais alors une carrière administrative aux marges de la recherche, de l'université et de l'édition. Il m'arrivait même de la rattraper ; je ne m'étais quasiment jamais ennuyé — ce qui n'est déjà pas si mal —, je travaillais avec des gens plutôt civilisés, plutôt intéressants, et vachard, mais intraitable sur la dignité humaine, avec Malraux, l'original de la famille, le tonton excentrique qui avait pris la sale habitude de fumer l'opium aux colonies avant de devenir ministre du général de Gaulle.

En volant vers Athènes, je pensais avec nostalgie à ce livre dans lequel je m'étais enfin lancé, après avoir tant hésité. À ce livre qui avançait si bien ces dernières semaines et auquel je n'allais probablement plus pouvoir travailler sérieusement avant… avant combien de temps ? Qu'est-ce qui m'attendait à Paris, en dehors de la pluie ? Des mondanités qui m'ennuient, du temps perdu, la dispersion, les salons du livre qu'il allait falloir enchaîner ! J'aime le contact, j'aime les salons, retrouver mes copains Ôteurs, rencontrer des libraires, des lecteurs passés ou futurs, échanger, apprendre que j'ai su toucher juste, provoquer un sourire, une émotion, une envie. Un des plus beaux compliments qu'on m'ait fait m'est venu d'un routier : il m'a dit, aux Escales du livre de Bordeaux je crois, que ma *Cinquième Profanation* lui avait donné l'envie d'en apprendre davantage sur la mythologie grecque. Dans un métier où l'on reste seul des mois durant, devant son écran d'ordinateur, à se battre avec des mots, des idées, des personnages qui n'existent qu'en vous et par vous, la tournée de salons qui suit me permet une inestimable respiration. Retrouver le monde, l'altérité. Parler au lieu d'écrire.

Mais cette fois-ci, il s'agissait d'autre chose. D'abord parce que j'étais interrompu dans l'écriture d'un autre livre : les délais sont longs, dans une grande maison, entre l'acceptation du manuscrit et la sortie du bouquin ; plus que chez H&O où je n'avais pas le temps de me remettre à un roman avant que le précédent ne paraisse. Ensuite, il s'agissait cette fois davantage d'une course d'obstacles jusqu'au prix que d'une récréation.

Et quand j'arriverais au bout de ces virtuels *Mémoires de Thémistocle*, paraîtraient-ils chez Braisaillon ? Si *R. A. Z.* décrochait le Goncourt, c'était probable. Mais si j'étais recalé dès la deuxième sélection ? Si *R. A. Z.* ne « faisait » pas au moins le double de *Tigrane l'Arménien* ? Est-ce que Jean-Marc Sordel m'inviterait encore à déjeuner ? Est-ce qu'on me saluerait encore dans les couloirs de Braisaillon ? Ou bien est-ce que, comme cela se passe, paraît-il, chez Alcuin Marcel, tout le monde détournerait la tête, oublierait de me tendre la main, se claquemurerait dans son bureau pour ne pas me voir, parce que je n'aurais pas rempli mes objectifs, et qu'un Ôteur qui ne remplit pas ses objectifs ça se traite au mieux comme un pestiféré de Jaffa ? Faudrait-il que je reparte à la recherche d'un nouvel éditeur ? que je retourne, en chemise et la corde au cou, chez H&O ? Tant de choses allaient se jouer dans les semaines à venir. Des choses passionnantes pour ces êtres performants que sont devenus les écrivains de notre temps, qui doivent justifier leur prochain à-valoir et ne pas décevoir les attentes de leur écurie. Pour moi aussi sans doute, parce qu'il n'y avait aucune raison que je ne me laissasse pas prendre au jeu.

C'est à cause des quarante mille exemplaires et des huit traductions de *Tigrane l'Arménien* que Jean-Marc Sordel et Braisaillon avaient mis sur la table un à-valoir suffisant pour me convaincre de trahir H&O. Parce que j'ai vraiment eu l'impression de les trahir, Henri et Olivier, grâce à qui j'avais mis au monde mes cinq derniers bébés — sans compter mes enfants adultérins, les érotiques sous pseudo qu'ils m'ont fait écrire.

Henri et Olivier m'ont accompagné pendant presque dix ans, soutenu, stimulé, commandé ma première nouvelle, fait travailler mes points forts et poussé à ne pas m'accommoder de mes faiblesses. Je les estime parce qu'ils se battent comme des chiens pour faire ce qu'ils aiment et ce à quoi ils croient. Pour le faire bien, parce que, comme moi, ils jouissent quand un livre est beau, ils souffrent quand ils s'aperçoivent qu'ils ont laissé passer une couille. (J'ai bien écrit couille, et pas coquille, comme le cher vieux Gide[1]). Je les admire parce qu'on n'imagine pas à quel point il est chimérique de croire qu'on peut faire comprendre à des critiques hétéros, en France, en 2009, qu'un livre écrit et publié par des pédés non américains peut captiver, faire sourire, émouvoir même une ménagère de cinquante ans. Presque autant que de penser qu'on peut convaincre des critiques pédés parisiens que des histoires écrites par des Ôteurs avec qui ils n'ont jamais baisé, qui n'habitent pas dans le Marais et ne s'habillent pas comme dans *Têtu*, éditées par deux provinciaux, plutôt prolos de surcroît, peuvent ne pas être, par principe, privées de tout intérêt.

Je les estime, je les admire et ils sont devenus des amis. L'amitié, ils l'ont même poussée jusqu'à m'encourager à accepter l'offre de Sordel : « C'est l'utilité des petits, m'a dit Henri, de savoir reconnaître les talents sur lesquels les gros sont trop myopes ou trop veules pour parier ; et la reconnaissance qu'on est meilleurs, c'est justement que l'un d'entre eux nous pique un Ôteur ». Après ça, j'étais presque décidé à envoyer Sordel aux pelotes. Presque. Mais quarante mille exemplaires et huit traductions chez un petit éditeur, de province en plus, et gay par-dessus le marché, m'a dit Sordel au terme d'un excellent déjeuner très bien arrosé, avec une

1. - « On raconte que Rosny, exaspéré par les erreurs typographiques que les protes faisaient ou laissaient passer, écrivit un article vengeur intitulé « Mes coquilles ». Quand Rosny le lendemain ouvrit le journal, il lut avec stupeur, en gros caractères, cet étrange titre : « MES COUILLES ». Un prote, négligent ou malicieux, avait laissé tomber le q. J'écris ceci pour me consoler [d'une mésaventure analogue] ». André Gide, *Journal II (1926-1950)*, à la date du 15 décembre 1937, Bibliothèque de La Pléiade, Paris, Gallimard, 1997, p. 572.

machine parisienne et internationale comme Braisaillon, ça signifie au bas mot… quelques années de totale liberté. Inestimable ! Mes deniers de Judas.

L'avion venait enfin d'atterrir ; il faisait un temps superbe, alors qu'il pleuvait à Paris. Qu'est-ce qui justifiait de quitter ce bleu-là pour aller se foutre dans la grisaille ? Le Goncourt ?

D'après Jean-Marc Sordel, oui. Il avait l'air d'y croire vraiment à ce Goncourt, quand il m'avait téléphoné, sur mon volcan, pour me dire que je figurais dans la première liste du jury et qu'il fallait absolument que je sois au salon de Nancy à la fin de la semaine. Il semblait y croire, mais jusqu'à quel point ? La catégorie de gens à laquelle appartient Sordel croit-elle jamais vraiment à ce qu'elle dit ? aime-t-elle sincèrement ce qu'elle porte aux nues ? vomit-elle réellement ce qu'elle pose à exécrer ?

Sordel est un type plutôt aimable et cultivé. Il a écrit quelques romans plus ou moins historiques et plus ou moins d'aventure, plus ou moins exotiques et plus ou moins épicés. Ni bons ni mauvais. Du genre qu'on n'éprouve aucun déplaisir à lire et dont on a tout oublié deux jours après les avoir refermés. Mais Sordel fait partie du Milieu ; il en est même l'une des balises — phare serait excessif. Il coquetèle et petitfourise comme personne ; il ne déjeune ni ne dîne aucun jour de l'année sans avoir une bonne raison de le faire : un contrat à signer, un renvoi d'ascenseur à négocier pour un de « ses » auteurs, un papier capital ou une télé à obtenir (les attachés de presse, c'est pour le tout-venant, pas pour les choses sérieuses), une réconciliation à sceller, une conjuration à ourdir contre un téméraire qui aurait refusé la réconciliation… une amitié à entretenir avec un juré de prix littéraire. Je sais qu'Henri et Olivier aiment ce que j'écris ; Sordel, je ne suis pas certain qu'il pense de *R. A. Z.* autre chose que : « ça peut faire un bon coup ».

Tout à l'heure, je disais qu'en rentrant de mon volcan, après les deux ans où mon mec m'y avait exilé, j'étais devenu radicalement inadapté aux hypocrisies et aux impostures que suppose une vie professionnelle réussie. Conclusion ? Je m'étais lancé dans la carrière littéraire, c'est-à-dire que je devais tracer ma route dans un milieu où l'hypocrisie et l'imposture... cohérence quand tu nous tiens !

En attendant l'embarquement du vol pour Paris, j'avais acheté *Libé*. Les figues étaient loin et je n'avais bu qu'une tasse de lavasse dans le premier avion. Je commandai un café frappé, *skéto*, sans lait ni sucre, et un *galaktobouréko*, mon petit-déjeuner préféré en Grèce : j'en parle longuement dans *Le Saut de l'Ange*, « un flan de semoule entre ses fines abaisses de pâte feuilletée, arrosé d'un sirop de miel à la vanille, à la cannelle et au citron » ; c'est même une des raisons pour lesquelles H&O avait publié mon bouquin ! J'étais parvenu à faire saliver Henri et Olivier.

J'attaquai mon *galaktobouréko* avec circonspection : il faut que le feuilleté du dessus craque sous la dent, qu'en dessous il soit humide de sirop mais pas spongieux ; et puis qu'au centre, la consistance de l'appareil soit plus proche de l'onctueux que du plâtreux ou du gélatineux. Il était moins bon que celui de la pâtisserie de la place aux caoutchoucs géants de la capitale de K., ce qui n'est pas étonnant puisque celui-là est parfait, surtout quand il est encore tiède — une espèce de quintessence de *galaktobouréko* ; il était moins bon, mais il était tout à fait honorable.

Tout en le dégustant, je feuilletais mon *Libé* lorsque, à la page Culture, mon œil avait été accroché par un drôle de titre : « Un goncourable speedé à mort ».

On manque d'air rue Garancière

Flavien Regbeyzel avait été retrouvé mort, hier à 17 h 00, par sa femme de ménage, Mme Amalia Salazar, à qui il avait interdit d'arriver plus tôt dans le duplex de la rue Garancière. Flavien se lève rarement avant 16 h 00. Coquetèle de substances exotiques : cocaïne, amphétamines, crystal meth, champignons hallucinogènes... Cette fois, apparemment, le cœur de Flavien n'avait pas tenu ; mais tout aussi apparemment, le goncourable n'était pas seul, à poil sur sa peau de bête, à l'instant du collapsus. Pourtant, personne n'a donné l'alerte. Mieux : sa, son ou ses compagnes ou compagnons de jeu ne semblaient avoir pris la tangente qu'après avoir fait une partie du travail de Mme Salazar.

Un concurrent de moins ! c'est ce que j'ai pensé, sur le coup, avec un rien d'excitation. Je sais, ce n'est ni très humaniste, ni très fair-play mais je joue le jeu de la vérité, non ? Et puis mon surmoi a repris le dessus : des proches, je ne sais pas si un type comme ça peut en avoir, mais pour la littérature, en tout cas, ce n'est pas une grande perte.

Flavien est de ces jeunes gens à la mode qui se sont mis à écrire par désœuvrement. Nés trop riches dans un monde trop pauvre pour comprendre leur mal être, ils ont grandi à Saint-Louis-de-Gonzague ou à l'École alsacienne (seconde option pour Flavien), se sont inscrits à Sciences Po pour s'inscrire quelque part, font la fête toutes les nuits avec ennui, mangent par nécessité mais à La Closerie, boivent et se shootent par habitude, baisent avec lassitude, et occupent les quelques heures qui leur restent à écrire un ou deux romancules par an, à la va comme je te pousse, sans plus de vrais personnages que de saveur ni de jubilation, avec leur nombril comme principal sujet, en malmenant ce qu'il faut la syntaxe (forcément, ils adorent tous Céline) tout en enfilant les clichés et les truismes, afin de faire partager leur spleen d'anti-romantiques déçus par la débauche et la vie facile, leur désenchantement devant un monde qui ne sera plus jamais le même après le 11 septembre, ou leurs passionnantes amours avec une top-modèle bulgare — mais c'est déjà un peu *out* l'Europe orientale ; si, pour le prochain, elle était gazaouie et plus ou moins islamiste, ça le ferait davantage.

Flavien, comme la plupart des Ôteurs contemporains quand ils ne sont ni journalistes, ni fils adultérin d'un président de la République, ni actrice sur le retour ou vieille gloire de la chanson, a été publié parce qu'il appartenait au même monde que ceux qui l'ont publié. Il passait bien à la télé, avec cette élégance négligée dont il avait hérité en même temps que l'appartement de la rue Garancière, la Ferrari et le reste. Car il passait à la télé, bien sûr, comme tous les Ôteurs qui n'ont pas grand-chose à dire. Un visage lisse encadré d'une chevelure blonde juste un rien en désordre, toujours pâle, fût-ce en rentrant de Saint-Tropez, le torse et les épaules étroites, une vague mollesse dans l'attitude et le mouvement, Flavien avait la beauté douceâtre du gendre idéal, bien qu'un peu maladif, d'une fidèle téléspectatrice de Michel Drucker.

Il m'était arrivé de me trouver en face de cet ectoplasme de dandy, au salon de Nice. C'est un de ceux que j'adore, sur le circuit ; d'abord parce qu'on est toujours heureux d'aller à Nice en juin et que les Ôteurs y sont accueillis comme des rois. Parce que j'ai, dans les parages, toute une cohorte de lecteurs fidèles, dont certains sont devenus des amis, une association culturelle et gay (ce n'est pas si commun !), Polychromes, qui m'aime et me soutient ; parce qu'avec Marina, ma meilleure copine Ôteuse, dont j'ai fait la connaissance au salon des « Mots Doubs », à Besançon, l'année de *La Cinquième Profanation*, nous allons plonger une tête dans la grande bleue, le matin, avant d'aller faire la retape derrière nos piles de bouquins.

Or donc, cette année-là, je m'étais retrouvé dans la même allée du salon de Nice que Flavien, juste en face de lui. Ou plutôt en face de ses livres. Car l'animal, en deux jours et demi, n'avait guère fait plus de trois apparitions d'une demi-heure chacune, alors que Marina et moi tapinions durant des plombes sous le soleil de plomb, avec entrain, comme toutes les bonnes gagneuses qui, dans les salons, n'ont pas le logo « vu à la télé » collé sur le front. Lunettes noires absolument impénétrables, avec juste une trace de strass à la naissance des branches, un verre à la main, où pétillait une aspirine effervescente, Flavien disait par tout son être, par chacun de ses gestes, à quel point sa dernière nuit l'avait exténué, et combien il était magnanime, dans ces conditions, d'offrir malgré tout ses précieux corps mystique et physique en pâture à un public qui, d'évidence, ne les méritait pas.

Ce public, je m'en rendis compte alors, était essentiellement composé de jeunes femmes — un peu plus jeunes que lui — légères et court vêtues, comprenant presque tous les quatre cents mots qu'utilisait Flavien dans ses romans. Au demeurant, leurs espérances ne se limitaient pas à obtenir un « Bien cordialement » hâtivement griffonné par l'Ôteur, lunettes brièvement ôtées révélant des yeux d'un vert très délavé — éteints —, une branche coincée entre les dents, sur le bouquin tendu ensuite à l'acheteuse (elles venaient souvent par deux) dans un soupir et avec une ébauche de sourire infiniment las. Elles tentaient toutes de savoir où il avait passé la nuit précédente, n'arrachant à Flavien que quelques mots vagues et déjà presque excédés ; elles ajoutaient en gloussant à peine qu'elles feraient escale vers 22 h 00 au bar du Palais de la Méditerranée, avant de lever l'ancre pour le Minimal de Juan-les-Pins, où Didier Sinclair serait ce soir le DJ d'une de ces Dolly party, hétéro-friendly, parce que décidément, sur la Côte comme ailleurs, personne ne fait mieux la fête que les gays…

Il répondait par monosyllabes, rechaussait ses lunettes et, si les admiratrices s'attardaient, se retournait pour appeler le libraire et lui poser une question qui ne souffrait nul délai.

À cause de cette saynète rejouée chaque fois à l'identique, avec un certain talent, il faut le reconnaître, j'étais allé, le deuxième jour, emprunter trois de ses bouquins — *L'Obsession du médiocre*, *Une fin décevante* et *Roman sous GHB*. Afin de les feuilleter et avant de les remettre en place — voler un Flavien Regbeyzel tiendrait de la franche perversion. Ou de l'acte gratuit. Qu'en faire en effet, une fois qu'on l'a feuilleté ? Car Flavien Regbeyzel (bien que ou parce que lauréat du prix de Flore), c'est un peu ce qu'Hannah Arendt aurait pu appeler la banalité du fade.

Si bien que, la vacuité finissant, malgré tout, par apparaître aux plus myopes, les ventes avaient nettement fléchi depuis deux livres, et que l'éditeur de Flavien avait déployé des efforts titanesques — d'après cette mauvaise langue de Sordel — afin que la présence de *L'Ennui à vingt-sept ans* sur la première liste des Goncourts ranime un peu le feu que l'on sentait en train de mourir ; un feu qui ne repartirait plus puisque Flavien s'était étouffé avant lui.

Arrivé à Paris, je filai prendre une douche dans notre pied-à-terre de la rue des Thermopyles. J'avais rendez-vous avec Sordel dans son bureau de la rue Saint-Sulpice. Il m'accueillit avec une chaleur inhabituelle, même s'il avait toujours été avec moi d'une grande cordialité : les chiffres et les échos que lui répercutaient les commerciaux montraient que *R. A. Z.* démarrait fort.

— Crois-moi, il y a des signes qui ne trompent pas un vieux crocodile comme moi : la mayonnaise est en train de prendre. Nous déjeunons demain avec X., il publiera l'entretien la semaine prochaine. X, c'est du lourd, du stratégique : tâche d'être bon ; il ne lit jamais les livres mais il en parle très bien. À 15 h 30, tu as rendez-vous pour une radio avec... ; tu passes sur France 2...

J'étais abasourdi ; Sordel ne m'avait jamais tutoyé.

Pendant douze ans, avec H&O et plusieurs attaché(e)s de presse, nous nous étions bagarrés comme des damnés pour essayer de faire comprendre à la critique qu'il s'écrit en France des romans qui racontent des histoires dont les héros, pour être pédés, ne se résument pas à leur bite et à leur pédétude. Des romans comparables à ceux qu'on encense quand ils viennent d'outre-Atlantique. Des romans écrits par des romanciers d'aujourd'hui, pas par des académiciens qui furent pionniers il y a trente-cinq ans. Des romans qui parlent de la société telle qu'elle est — de la corruption politique ou du retour des culs-bénits —, qui partent du particulier pour tenter de parler d'universel, tout en essayant de captiver et de faire sourire ; qui ne sont ni la énième introspection bon chic bon genre sur la difficulté d'être un pédé de salon, ni un nanar de plus exploitant le filon du sida — fût-ce à travers l'excitante thématique du *bareback* et des personnages à clé, non moins excitants pour la Nomenklatura de quatre ou cinq arrondissements parisiens —, variantes usées jusqu'à la corde de l'increvable poncif de la malédiction.

Nous nous étions bagarrés et nous n'avions pas connu que des échecs. Jean-Mary notamment, avec *La Cinquième Profanation*, m'avait eu la radio et la télé publiques belges. Mais en Belgique, les critiques lisent les livres et les traitent pour ce qu'ils sont. Non qu'en France ils soient plus homophobes ou malhonnêtes que le reste de la société — ils sont juste aussi conformistes et prisonniers des solidarités de caste que le reste de ses « élites ». Ils préfèrent publier cinquante papiers identiques sur les produits formatés que sortent à la chaîne Braisaillon, Bertrand Grandeuil, Chalminar ou Alcuin Marcel, plutôt que de perdre leur temps à fouiner, à prendre le risque de découvrir.

Cela dit, même en France et avant *R. A. Z.*, j'ai eu quelques beaux papiers ici ou là, plusieurs passages radio, fait quelques belles rencontres, autant humaines que littéraires, ce qui montre que les esprits libres, éclectiques et curieux n'ont pas (encore) disparu (hé! hé! pas si con l'Ôteur, s'agirait pas de se brouiller avec toute la corporation, malgré tout!). Parmi eux, j'en connais un dans un grand quotidien — placardisé depuis trois ans. J'en ai connu un autre; il est mort. D'un cancer et un peu d'amour aussi, je crois bien. Il s'appelait Laurent Bonelli, un fou furieux de lecture, critique et libraire au Virgin. C'est à lui que je dois en partie le succès de ma *Cinquième Profanation*; il l'avait aimée, l'avait chroniquée, l'avait installée au moins à cinq endroits dans sa librairie. Et puis un jour il m'avait téléphoné, adorable, comme d'habitude: « Tu peux passer? Je voudrais te montrer quelque chose ». J'en suis resté médusé, bouche bée, des larmes dans les yeux : mon livre, en piles, dans le grand escalier du magasin des Champs-Élysées, entre Marc Lévy et Bernard Werber, sans aucun souci de rendement financier du mètre linéaire.

Nous nous sommes bagarrés et nous n'avons pas connu que des échecs. *La Cinquième Profanation* m'avait permis de décoller, *Le Diadème des Césars*, un peu en retrait, m'avait fidélisé un lectorat, et *Tigrane l'Arménien* avait été un vrai succès. Mais tout cela, pour l'essentiel, s'était fait par le bouche à oreille, le soutien de certains libraires, gros ou petits, à qui je dois tant, la conquête de nouveaux lecteurs (au couteau !) dans les salons, par Internet où Régine, la lectrice rencontrée à Romans, m'a construit un site : une vie d'écrivain, c'est aussi les rencontres humaines que provoquent les livres, et les miens m'en ont procuré quelques-unes de fortes, de bouleversantes qui, à leur tour, ont nourri et transformé mon écriture.

Mais tout cela n'avait rien à voir avec l'artillerie Sordel !

Si j'avais longtemps hésité avant de chercher à quitter H&O, c'est que, tout en connaissant les obstacles qui, chez eux, m'empêchaient d'avoir accès à un plus large lectorat, je savais aussi que les grands ne publient une partie de leurs titres que pour faire tourner la machine infernale à offices[1]. Ainsi, un copain (plutôt un bon, en tout cas meilleur que trois Regbeyzel réunis) tout heureux d'avoir été pris chez Grandeuil avait-il déchanté en se rendant compte qu'il faisait trois fois moins

1. - Système typiquement français qui permet aux grandes maisons d'édition d'alimenter leur trésorerie en avances payées par les libraires pour des livres qui leur sont servis d'office, chaque mois, sans qu'ils aient choisi de les commander. Les libraires retournant les invendus après quelques semaines, le système doit, pour ne pas s'effondrer comme une vulgaire pyramide financière, produire à l'office suivant assez de livres pour ne pas avoir à rembourser aux libraires tout ou partie de leur avance. Si bien que ce système, qui s'apparente à de la cavalerie, génère une surproduction de livres sacrifiés d'avance, beaucoup de libraires n'ayant même plus la place d'exposer les offices qu'ils reçoivent.

de salons que moi, que dans l'un d'entre eux on avait oublié d'envoyer ses livres, que la petite stagiaire du service de presse dont il avait hérité n'avait aucun contact mais trente titres à défendre, pour constater à l'heure de la reddition des comptes, retours déduits, que Grandeuil avait vendu… soixante-quinze exemplaires de son roman.

Manifestement, j'avais échappé à ce cauchemar. Après m'avoir planté le décor, et même annoncé une série de spots publicitaires sur plusieurs radios, Sordel avait appelé Camille, l'attachée de presse vedette de la maison, qui me détaillait à présent la liste impressionnante des articles à sortir, des encore incertains, et des passages médias. Camille est une grande brune, aux formes rondes et fermes, d'une élégance impeccable — petite robe noire Sonia Rykiel, rang de perles et talons plats, sans doute pour ne pas toiser la plupart de ses interlocuteurs —, un rien pincée, peut-être un peu vieux style mais avec un carnet d'adresses sans faille et une efficacité redoutable. Elle ne défendait que moi et quatre autres Ôteurs de la rentrée.

— Dans l'ensemble, les papiers devraient être entre le bon et l'excellent. J'ai seulement quelques inquiétudes avec Y., il n'est pas impossible que nous allions à l'éreintage.

— Y. est une merde, tout le monde le sait, répliqua Sordel du tac au tac — rien, ce soir, ne pouvait ébrécher son optimisme. C'est de toute façon un indice indiscutable de qualité d'être éreinté par lui. Mais vous faites bien de me mettre au parfum, Camille, je devrais le croiser, demain soir, au coquetèle de la Maison de l'Amérique latine, pour les Arts et Lettres de cette vieille canaille de Luis-Manuel Barracuda. Après avoir vu si notre toujours fringant Simon Deblois est aussi à l'aise dans ses nouveaux habits de ministre de droite du Rayonnement français et de la Fraternité internationale qu'il l'était dans son col Mao d'éternel ministre de la Culture de gauche

— ce dont je ne doute pas —, je ferai comprendre à ce cher Y. que, s'il passe la mesure, je lâche nos chiens sur ce petit con de Letarse qu'il défend bec et ongles.

Puis Sordel passa au Goncourt. L'élimination de Flavien était bien sûr une bonne nouvelle, mais personne ne lui donnait de chances sérieuses. Deux jurés faisaient certes assez ouvertement campagne pour lui, mais c'était sans doute par tactique, pour dissimuler leur véritable choix en attendant le moment de dévoiler leurs batteries. De toute façon, il n'aurait guère ratissé au-delà, sauf alliance de circonstance pour disqualifier un autre concurrent.

— Les deux ultrafavoris, ce sont la Sénéchal et surtout notre maître faiseur de Zazor : son *Exfiltration* a incontestablement le vent en poupe, mais chacun sait que celui qui rentre *papabile* au conclave en ressort cardinal. Reste l'inénarrable Cédryk Hochet, qui n'a de chance que si ces messieurs-dames du Goncourt jugent indispensable de se donner un sérieux coup d'jeune, mais je doute qu'ils prennent le risque de couronner un zozo aussi imprévisible. Et puis j'ai suffisamment gonflé nos chiffres pour qu'ils aient envie de voler au secours de la victoire ; ils ont eu trop de fours noirs, ces dernières années. Non ! je t'assure, l'outsider, le pape de compromis, le sprinter qui sort du peloton dans la dernière ligne droite pour coiffer tout le monde sur la ligne, c'est toi ! N'est-ce pas Camille, que j'ai raison ?

Camille opina, même si elle semblait moins catégorique. Puis Sordel me détailla sa stratégie : Braisaillon n'a qu'un juré chez les Goncourts, mais trois au Fémina où Braisaillon n'a aucune pouliche qui ait de véritable chance cette année. En faisant savoir aux Éditions Bertrand Grandeuil que ces trois voix-là seraient acquises à Marie-Monique Sénéchal, dont *La Salamandre de Carinthie* était un Fémina rêvé, on pouvait récupérer les auteurs Grandeuil du Goncourt et « niquer » Zazor que soutenaient les jurés Chalminar. Mais rien n'était acquis pour autant et l'on signalait d'autres mouvements dans la stratosphère, qui pouvaient indiquer quelques offensives conduites avec des moyens encore moins avouables : l'antiquaire de Sordel, rue de Verneuil, lui avait confié, sous le sceau du secret, qu'un juré d'un troisième prix avait récemment acheté une esquisse de l'Autoportrait au chardon de Dürer que ni sa fortune ni ses droits d'auteur ne lui permettaient de s'offrir : son dernier roman avait été publié en 1961 ; et l'on murmurait — mais que ne murmure-t-on à cette époque dans le Milieu ? allez donc savoir ce qui relève de la vérité ou de la tentative de déstabiliser celui qu'on calomnie ! — qu'une Ôteuse, aussi frileuse qu'influente dans l'aréopage d'un autre prix de consolation, s'était vu ouvrir un crédit quasi illimité chez un grand fourreur parisien…

Rien n'était donc joué ; c'est néanmoins sur une espèce de petit nuage que, à 18 h 30, je me retrouvai dans la rue Saint-Sulpice. Le ciel gris me semblait aussi bleu qu'il l'était à cette heure au-dessus de mon volcan. J'avais rendez-vous à 20 h 00 chez Lapérouse.

Quelques jours avant le message de Sordel, un drôle de courriel était arrivé par mon site Internet : « Cher Monsieur, j'ai lu tous vos romans et je suis un de vos admirateurs inconditionnels. *Le Diadème des Césars* et *La Cinquième Profanation* ont totalement bouleversé ma vie, et lorsque j'ai lu *R. A. Z.*, le soir même de sa sortie, je me suis rendu compte que, d'une manière incroyablement troublante, ce livre… la racontait. Je voudrais vous remercier pour le rôle que vos mots ont joué dans mon existence, et vous remettre un cadeau qui vous dira toute ma gratitude. Je ne suis pas fou, je vous l'assure. Voudriez-vous m'accorder le plaisir de vous inviter chez Lapérouse ? Votre date sera la mienne. »

« Encore un dingue ! — avait commenté laconiquement mon mec — j'espère que tu ne vas pas donner suite — il avait laissé un blanc — même si je suis sûr que tu vas le faire. »

Il me connaît comme sa poche, mon mec.

Il sait bien qu'un tel message, il est quasi impossible de l'ignorer lorsqu'on est un Ôteur comme moi, c'est-à-dire un être qui a tellement besoin qu'on le rassure, qui, même quand il dit le contraire, est fondamentalement incertain de la qualité de ce qu'il écrit, qui a tant besoin de croire qu'il a su atteindre son but — qu'on l'aime.

Quant aux dingues, il est vrai que les Ôteurs en aimantent un certain nombre — des inoffensifs et des vindicatifs, des psychorigides et des illuminés. De cette dernière catégorie, *La Cinquième Profanation* m'en avait apporté quelques-uns. Le titre, la couverture et la présentation au dos pouvaient laisser penser qu'il s'agissait d'un thriller ésotérique et la presse avait parlé d'un *Da Vinci Code* gay. Je m'étais amusé à jouer avec un genre, mais pour embarquer mes lecteurs vers des horizons bien différents, ceux de la corruption politique et de la consubstantialité entre christianisme et homophobie. Les illuminés n'allaient pas chercher si loin.

Je me souviens de l'un d'entre eux que j'avais vu rôder tout un après-midi dans mon secteur, à l'Été du livre de Metz. Petit, chafouin, voûté, une serviette serrée sur sa poitrine comme s'il redoutait qu'on la lui arrache, emmitouflé dans un long manteau d'hiver alors que le soleil tapait dur sur la toile du chapiteau qui commençait à prendre des allures de sauna, il était venu plusieurs fois feuilleter le livre, me regardant par en dessous, puis tournant par deux fois les talons sans un mot dès que j'avais tenté d'engager un dialogue. C'est seulement au moment où le salon se vidait et où je m'apprêtais à lever le camp, qu'il s'était dirigé droit sur moi, d'un air décidé et me regardant, cette fois, droit dans les yeux. Contrairement à mes prévisions, j'allais donc faire in extremis une nouvelle vente !

— Votre livre, là, il a l'air bien.

— Merci, monsieur, vous voulez que je vous le…

— Ça se voit, vous êtes un initié.

— Euh, c'est-à-dire que…

— Vous pouvez donc comprendre ce que j'ai découvert, et qui est — il s'arrêta un instant, jeta autour de nous un regard aussi inquiet que circulaire, puis reprit à voix basse et en détachant chaque syllabe — d'une EX-TRA-OR-DI-NAI-RIM-POR-TANCE.

— Je n'en doute pas, mais…

— Taisez-vous, vous allez voir.

Il posa sa serviette sur mes livres, qu'il n'avait manifestement nulle intention d'acquérir : mon intuition me trompe rarement. Il fouilla un instant et me tendit une carte de France constellée de points, dont chacun était associé à une date. Puis, d'un air de triomphe :

— Alors ! qu'est-ce que vous en dites ?!

— Ces points, ils correspondent à… ?

— Ce sont les atterrissages d'OVNI répertoriés en 1956 et 1957.

— Vous savez, moi, les OVNI, je ne…

— Peu importe, vous voyez bien ! c'est imparable, n'est-ce pas ?

Que devais-je voir ? et d'aussi imparable ? J'étais bien infoutu de le dire. Lui me considérait tout à coup d'un air suspicieux : étais-je bien l'initié qu'il avait cru identifier au terme d'une demi-journée d'observation ? Étais-je bien apte à recevoir le message qu'il avait cru pouvoir me délivrer ? Il semblait à présent en douter. Il fourragea de nouveau dans sa serviette, en sortit une seconde carte et me fixa derechef droit dans les yeux. Manifestement, il s'agissait de ma dernière chance. J'avais intérêt à la saisir.

— Vous comprenez, maintenant !

— C'est une...

Il avait relié par des traits les points de la carte précédente de façon à ce qu'ils forment...

— Une croix de Lorraine, oui ! En 1956 et 1957, les OVNI ont dessiné sur la France une monumentale croix de Lorraine !!! Ce qui signifie qu'Il...

— Il ?

— Il, ben oui, de Gaulle, le Général, les extra-terrestres avaient annoncé son retour au pouvoir en 58, Il était leur... envoyé !!!

J'avais failli étouffer en me retenant d'éclater de rire, sans parvenir pour autant à me dépêtrer de l'ufogaullologue. Heureusement, Marina, qui se demandait ce que je pouvais bien fabriquer et venait me chercher, avait tout compris de la situation en un clin d'œil. D'un ton d'autorité qui interdisait la moindre réplique, elle pria l'illuminé de l'excuser d'interrompre ainsi notre discussion, mais elle était chargée d'escorter l'Ôteur de toute urgence au secrétariat du salon. Le type s'était renfrogné, peu disposé à lâcher sa proie, me demandant à tout le moins un numéro de téléphone où il pourrait me joindre — je découpai un coin de la carte qu'il me confiait, en témoignage de sa volition à ne pas me tenir grief de mes carences, et le lui griffonnai dessus.

— Faux, j'espère, me chuchota Marina, en m'entraînant au pas de chasseur vers la sortie.

— Tout de même, ma chérie, je ne suis pas maso au point de lui donner un vrai !

Reste que, malgré quelques rencontres de ce (troisième) type, si l'on n'est pas plus connu que moi, on n'attire pas les dingues par légions.

Et puis Lapérouse, je n'y avais jamais mis les pieds, alors que je suis un vrai gourmand, alors que s'y déroule l'une des scènes fondamentales de *La Cinquième Profanation*. J'avais donc accepté.

J'avais une heure à perdre. J'achetai *Le Monde* et m'attablai à la terrasse du café Saint-Sulpice. Je commandai un Campari soda, dépliai le journal, cherchai des nouvelles de mon concurrent trépassé : « La police aurait une piste sérieuse dans l'affaire Flavien Regbeyzel ».

Fatale touche aux Bains-Douches

La police avait pu reconstituer assez précisément les heures précédant la mort de Flavien. Il avait passé le début de soirée… à la présidence du Sénat, pour la remise d'une légion d'honneur à un ami professeur de droit constitutionnel. Flavien était arrivé plutôt éteint, à la limite de l'abattement, dans les salons du premier étage de la présidence, qui donnent sur le jardin du Luxembourg ; plusieurs invités et trois maîtres d'hôtel l'avaient vu s'éclipser vers la fin du discours du deuxième personnage de l'État, pour ne revenir que quelques minutes avant le terme des remerciements du récipiendaire. Puis, durant le coquetèle, il était apparu à tous surexcité, volubile et buvant beaucoup.

J'appris par la suite (car de ma première vie, para-universitaire, j'ai gardé un copain qui était présent ce soir-là) qu'on avait frôlé l'esclandre (ce que taisait le journal) lorsque Flavien, d'un violent coup de fessier, avait poussé une rombière, veuve d'un ancien ministre, à qui sa pingrerie légendaire fait choisir chaque soir, dans les cartons qu'elle reçoit, le pince-fesses dînatoire qui a le plus de chance de lui économiser un repas. Habile comme personne à choisir la place stratégique avant les discours, elle s'arrime dès leur fin, telle la moule à son rocher, à l'endroit du buffet où elle contrôle l'accès d'au moins trois plats de petits-fours. Si bien que, dès lors, personne ne peut plus la déloger. Sauf, ce soir-là, le violent coup de cul qui avait propulsé vers l'avant sa plantureuse personne, son champagne sur un vieil ambassadeur, et son canapé au guacamole surmonté d'une crevette sur le complet clair d'un membre du Conseil constitutionnel. Encore la veuve ministérielle ne s'était-elle pas étalée, se rattrapant de justesse et de la main gauche, laquelle s'était enfoncée jusqu'au poignet à l'intérieur du pain-surprise que la goulue n'avait encore avalé qu'au tiers.

Cinq minutes plus tard, le portable de Flavien avait sonné et le goncourable avait, aussitôt après, pris la poudre d'escampette. La poudre, c'est le cas de le dire, puisque l'appel avait été identifié par la police comme celui d'un fournisseur connu de quelques célébrités du monde de la politique, des médias, des arts et des lettres. Flavien était repassé chez lui se changer pour la seconde partie de la soirée, avant de se rendre chez un ami, qui s'était spontanément manifesté aux policiers. Ils avaient bu — pas mal —, fumé — un peu —, utilisé la poudre que Flavien venait d'acquérir ? L'ami avait assuré que non. Ils avaient ensuite rejoint un groupe au Fouquet's (dont Flavien est un habitué, pas seulement depuis qu'il a été du petit nombre invité par Brassov le soir de son élection), pour un verre ou deux, pas davantage, jusqu'à l'heure où l'on peut arriver aux Bains-Douches sans avoir l'air d'un plouc.

Car LA soirée du jour — masquée — avait lieu aux Bains-Douches. Elle était organisée par une jeune Hongroise, mannequin vedette récemment mariée à un vieux milliardaire australien, qui se prétendait descendante de la comtesse Báthory et marrainait ce soir-là le lancement du nouveau rouge à lèvres Vampirella. En l'honneur de son ancêtre qui, assure la tradition, prenait ses bains dans le sang de jeunes vierges, elle avait décrété que ses invités ne devraient porter que du rouge.

De l'innocente guêpière garance à la cardinalice soutane écarlate, du très distingué jockstrap cochenille au romantique tutu sang-de-bœuf, en passant par un Chaperon cinabre, sans sa mère-grand mais avec moustaches, un culturiste fanatique de Lévi-Strauss qui avait opté pour la nudité et des peintures bororo, ou un Père Noël grenat de sexe indéfinissable en houppelande et bas résilles, le Tout-Paris de la Fête, ses plus beaux garçons, ses plus jolies filles et quelques superbes créatures de l'entre-deux, avait exploité à peu près toutes les possibilités de costumes et décliné toutes les nuances de rouge imaginées par Valentine et les frères Ripolin réunis. Flavien, lui, avait opté pour un pourpoint de cuir pourpre sur une culotte de zouave.

Deux de ses amies avaient observé l'abordage ; avec d'autant plus d'attention qu'elles venaient l'une et l'autre d'essuyer un cuisant échec dans leur tentative de harponner le beau diable au crâne rasé de frais, au justaucorps à queue fourchue, aux longs gants de satin et hautes bottes de cuir souple ne laissant voir qu'un peu de l'avant-bras aussi poilu que musclé et des cuisses de la même facture, dont le masque grimaçant couvrait tout le visage. Elles avaient vu Satan foncer sur le Faust en culotte de zouave, l'entreprendre, le baratiner, sans doute lui proposer un pacte dont les deux amies de Flavien s'étaient demandé comment on pouvait hésiter à le signer. Certes Flavien n'était pas gay, mais il s'affichait bi ; et, de toute façon, rester *straight* devant un être dégageant une telle puissance sensuelle ne pouvait relever que de l'aberration mentale.

Gay, bi ou *straight*, Flavien était surtout doué d'un tonus sexuel proche de celui de l'huître, encore davantage engourdi ce soir-là par le nombre de verres, de joints ou de lignes qu'il avait éclusés, consumés ou sniffées depuis la présidence du Sénat.

Mais résiste-t-on jamais au diable? Une heure plus tard, Flavien prenait le volant de sa Ferrari avec, à sa droite, un démon que recherchait désormais la police. Car Flavien n'était pas mort seulement à cause d'un usage intensif de substances illicites. Mais à la suite d'un jeu érotique de *breath control*, ou contrôle de la respiration… en l'occurrence mal contrôlé.

De la simulation du bouche-à-bouche (le contrôlé, nez pincé, ne respirant plus que par les poumons du contrôleur) au masque à gaz dont on obstrue l'orifice, du sac plastique à la strangulation, cette gamme de jeux présente des risques. Respirer un air surchargé en gaz carbonique et ralentir l'oxygénation du cerveau produit excitation, vertige, hallucinations. Et raideur inflexible ainsi que la maréchaussée l'a si souvent constaté jadis, avant le Viagra, lorsque la France des notaires, des pharmaciens et des maquignons qui ne parvenait plus à bander se pendait par la cravate — parfois juste un peu trop longtemps: rien n'est jamais vraiment nouveau sous le soleil.

Dans sa recherche de sensations extrêmes, ou en raison de sa presque impuissance, Flavien avait-il poussé Belzébuth à maintenir sa pression plus que de raison? Involontairement ou non, le Malin avait-il manqué de doigté? En tout cas, il n'avait pas quitté ses gants, car la police ne disposait d'aucune empreinte digitale, ni du moindre cheveu, puisque Lucifer avait la boule à zéro. Les verres avaient été soigneusement lavés, les cendriers vidés. Quant à l'autopsie, elle ne révélerait aucun échange de flux qui pût non plus fournir d'empreinte génético-satanique.

J'arrivai chez Lapérouse à 20 h 00 précises. Mon convive m'attendait dans le salon particulier dit de la Belle Otéro, une des stars du demi-monde qui apporta un peu de réconfort à

Édouard VII, qui avait eu bien du temps à occuper et des énergies à dépenser, en attendant de monter sur le trône d'Albion à soixante ans, à Léopold II, ci-devant roi des Belges, propriétaire du Congo et de ses mines de diamant, ou bien à Aristide Briand, l'infatigable… croisé de la paix. C'est dans ce même salon que le héros de *La Cinquième Profanation* est invité à déjeuner par un éditeur catholique — librement inspiré par celui de mon premier roman — qui va organiser son assassinat, avant d'être lui-même envoyé *ad patres* au terme d'une vengeance à la Monte Cristo. Car si j'écris sur un coup de cœur ou pour donner un coup de gueule, j'en profite aussi, parfois, pour régler un vieux compte.

Ce n'était pas par choix que mon premier roman était sorti chez Talapoin. Il avait même failli être pris chez Bertrand Grandeuil. Mais l'éditeur — un des derniers vrais de Paris, amoureux de littérature et cultivé — qui l'avait défendu au comité de lecture et m'avait demandé de le retravailler ainsi que de couper un peu dans mes… huit cents pages, avait été dégraissé lors d'une restructuration destinée à remplacer les inutiles par des commerciaux. Un mois avant la remise de mon manuscrit. *Fatalitas!* ma prose était « trop raide », il y avait « trop de choses » dans mon livre et « trop de mots » aussi, qui n'étaient pas assez « creusés » ; quant à l'ancrage historique dans le Levant des années 1930 et la Grèce de la Résistance, il « n'intéresserait personne ».

Talapoin, c'était certes moins prestigieux. Et puis la maison venait d'être rachetée par un groupe franchement catho. Mais l'équipe éditoriale, à qui le groupe avait garanti une entière liberté, aimait mon livre : il serait le premier roman Talapoin de la rentrée.

J'étais moins sûr qu'eux de cette liberté en sortant de l'entrevue avec le directeur général dudit groupe, au cours de laquelle j'avais signé mon contrat : dix gosses, la messe à Saint-Nicolas-du-Chardonnet et une fidélité inaltérable à « l'idéal » de l'OAS, dont il m'avait fait part en apprenant que je travaillais à une thèse, sacrifiée depuis lors à la Littérature, sur la négociation de l'indépendance algérienne.

Que faire ? Tourner les talons et renoncer à voir sortir mon premier livre six mois plus tard ? à le voir sortir tout simplement ? C'était trop demander à un Ôteur qui n'avait jamais été publié et qui attendait depuis trois ans ce moment magique — ce moment de tous les espoirs, d'après tous les refus et d'avant toutes les déconvenues. Et puis ce cochon-là m'avait trouvé un sacré beau titre : *Les Fantômes du couchant* ; il ne pouvait pas être totalement mauvais !

Le livre était paru en septembre ; il avait eu deux ou trois assez jolis papiers — dont un franchement bon, dans *Le Monde* tout de même. Puis plus rien. Trois mois plus tard, presque tous les rachetés à qui le très catholique directeur général avait garanti leur entière liberté de conscience pointaient à l'APEC. Trois de plus et Talapoin m'interdisait de signature sur son stand au Salon du livre de Paris. Encore un an et j'appris de mon ex-éditrice elle aussi en recherche d'emploi que mon bouquin avait été mis en place en librairie avant d'être envoyé aux actionnaires, et non après comme c'est la coutume. Par crainte que ceux-ci n'en ordonnassent le pilonnage avant sa commercialisation. J'appris aussi que le mandataire du deuxième actionnaire (personne ne savait qui était le premier), supérieur d'un ordre religieux dont mon interlocuteur refusa de me révéler le nom, avait décroché son téléphone après avoir lu ma prose, pour menacer le directeur général d'excommunication majeure, sans parler de sa mise à pied, s'il ne faisait pas en sorte que personne, rapidement, ne trouvât plus cette immonde apologie de l'abomination sodomitique dont la publication par

Talapoin ne pouvait être que l'œuvre du Démon *in persona*. On comprend mieux peut-être pourquoi, pour mon deuxième roman, j'allai frapper à la porte d'H&O.

Me venger en faisant le portrait de cet être méprisable qui avait sacrifié au corbeau la chair de ma chair et l'encre de mon sang, puis le tuer, m'avait apporté quelques moments d'intense jouissance. Mais c'était pour moi, à présent, une curieuse expérience de me retrouver dans ce salon de la Belle Otéro que, grâce à Internet, j'avais pu décrire dans *La Cinquième Profanation*: luxe, calme et témoignages de voluptés passées, sur les miroirs « où l'on voit encore des initiales, gravées par de belles Otéros de moindre envergure, soucieuses de vérifier si le diamant tout juste offert était bien authentique et justifiait qu'on mît tout son… cœur à… cet ouvrage que le donateur requerrait entre deux plats ou après le souper ».

Mon hôte m'avait parlé d'un cadeau qu'il voulait me remettre en main propre ; s'agirait-il d'un diamant et attendait-il en retour que je payasse, moi aussi, de ma personne ? J'en venais presque à l'espérer. Car mon admirateur était plutôt canon. Le crâne rasé de frais. Pourquoi ai-je aussitôt pensé : comme le diable de Flavien ?

— Je suis tellement heureux que vous ayez accepté mon invitation, d'avoir la chance de pouvoir faire votre connaissance. J'ai commandé un Dom Ruinart, blanc de blanc, millésime 1990. J'espère que cela vous conviendra.

Il s'agissait du même champagne que dans mon roman, un des meilleurs actuellement sur le marché. Et mon hôte avait aussi commandé ce dont mes personnages avaient déjeuné. Il me demanda juste lequel des deux menus je préférais. J'hésitai, et me trouvai ridicule d'hésiter à choisir celui de l'assassiné, vers lequel allaient mes envies du moment, plutôt que celui du commanditaire de son meurtre. Par superstition, à cause de

Flavien Regbeyzel ? Superstitieux, je l'ai toujours été. Il faut néanmoins avouer, à ma décharge, que la situation était assez étrange. Malsaine ? Il était trop tôt pour décider si ces attentions étaient le fruit d'un esprit ludique ou si, conformément au diagnostic de mon mec, ce type était bel et bien timbré.

Thierry me sourit — drôlement, me sembla-t-il, de manière inquiétante ? — lorsque j'optai pour le menu de la victime. Il sonna, car naturellement, comme dans *La Cinquième Profanation*, « il avait choisi le « service à la sonnette » qui avait permis à tant de complots politiques, adultères demi-mondains et conjurations financières de s'ébaucher, se consommer et se conclure entre ces murs, sans être troublés par l'irruption inopinée d'un serveur ou d'un sommelier ».

Le Ruinart était un pur délice. Thierry m'interrogea sur mon voyage et sur mon île, son rapport avec celles qui apparaissent dans mes différents bouquins. L'entrée arriva — pour moi, un foie gras poché dans son consommé épicé de gingembre, et pour lui une friandise de petits-gris anisés à la crème de persil mousseuse. Puis, une fois la porte refermée par le serveur, il reprit tout à trac.

— Comme je vous l'ai dit, *R. A. Z.* raconte ma vie.

R. A. Z. est l'histoire d'un Marseillais de quarante ans, marié, heureux en ménage, père de quatre enfants sans problème qu'il aime et qui l'aiment, agent immobilier parfaitement à l'aise dans sa vie professionnelle, membre de plusieurs associations, conseiller municipal, heureux possesseur d'une villa dans le massif des Maures… et, depuis toujours, prenant autant de plaisir à faire l'amour à sa femme qu'avec des mecs — ce qu'Internet et ses obligations extra-familiales avaient rendu assez simple à gérer.

Mais cet été-là est cauchemardesque : les incendies succèdent aux incendies et, vers la fin de la saison, les Maures s'embrasent. La maison n'est sauvée que de justesse par une unité de pompiers venus du nord. L'un d'eux est grièvement blessé : en le voyant étendu sur le canapé de son salon, dans l'attente de l'ambulance qui doit l'évacuer, l'homme en tombe soudain éperdument amoureux.

Un amour qui lui fait remettre à zéro sa vie comme s'il avait activé la fonction R. A. Z. de son téléphone mobile. Car cet amour, après avoir tenté sans succès de l'étouffer afin de préserver son « bonheur » domestique, l'homme décide de le laisser vivre. Il quitte son boulot, sa femme, ses gosses : ils sont déjà grands, presque tirés d'affaire ; il y a en banque un capital suffisant pour permettre à tout le monde de faire face. Il retrouve le pompier… qui n'est ni pédé ni bi, qui le rejette. Mais l'homme a remis sa vie à zéro ; il ne veut ni ne peut reprendre le fil de la première. Il choisit de changer d'identité, de disparaître…

— Eh bien, le pompier c'est moi. Enfin, je ne suis pas pompier, je suis infirmier spécialisé en néphrologie à l'hôpital Necker. Il y a quatre ans, un patient qui, après des années de dialyse, avait été greffé chez nous, est revenu, comme ça arrive, pour faire des petits cadeaux à certains, dans l'équipe soignante, avec qui il avait sympathisé : c'est lui qui m'a offert votre *Diadème des Césars*. Ensemble, on avait parlé de bouquins. Je dévore, surtout les thrillers, les polars, ce genre de choses ; il avait dû me parler des vôtres…

Ce jour-là, l'ancien patient avait aussi demandé à Thierry son numéro de téléphone, pour savoir ce qu'il aurait pensé de mon roman quand il l'aurait lu. Thierry le lui avait donné. Thierry n'avait jamais été pédé, tout juste m'avoua-t-il s'être laissé faire par des mecs, au sauna de son club de gym, après l'exercice, à des moments de sa vie où il était sans nana. Moments qui devaient être rares et brefs : à trente-huit ans,

Thierry était un mec superbe, pas très grand, râblé, costaud, jovial, les avant-bras poilus et la barbe rasée, mais très drue et très noire. Tout ce que j'aime en fait. Et un diable parfait pour la soirée Báthory; décidément, je ne parvenais pas à me débarrasser de cette pensée-là.

— Quand il m'a rappelé, je lui ai dit que j'avais adoré votre roman. C'était vrai. Votre bouquin m'avait beaucoup plu, la gifle qu'on reçoit lorsque l'on comprend que l'un des deux types est sur une chaise roulante, la manière dont vous parlez du handicap, sans jamais de commisération, avec cruauté parfois. Ça me semble tellement juste par rapport à ce que je vis avec nos dialysés. Et puis j'adore votre ironie, votre regard sur la société, le pouvoir, sur le retour des culs-bénits de tout acabit…

— Merci, vraiment… c'est adorable, mais arrêtez, je rougis facilement.

— En même temps, je me demandais pourquoi il m'avait offert ce bouquin-là. À l'hosto, sa femme et ses mômes venaient régulièrement le voir, et même si votre roman n'est pas que cela, qu'il peut intéresser tout le monde — la preuve! —, c'est tout de même drôle pour un mec d'offrir à un autre mec un livre où il est question…

— De pédés.

— Si vous voulez.

Toujours est-il que Thierry n'avait pas refusé l'invitation à dîner de son ex-patient; et l'autre y était arrivé avec ma *Cinquième Profanation.*

Thierry sonna pour le plat: on me servit la légendaire poularde docteur (imbibée de porto et mijotée dans un jus de veau relevé d'estragon), ainsi baptisée en l'honneur d'un gastronome médecin légiste. Thierry attaqua son cassoulet de homard sauce américaine et, sitôt la porte doucement refermée, il reprit son récit:

— Je vous passe les détails mais, à la fin du repas, il m'a fait une déclaration en règle. Il était marié, il avait toujours eu des aventures à droite et à gauche avec des mecs, mais moi c'était différent. Il n'avait jamais envisagé auparavant de quitter sa femme. Depuis qu'il me connaissait, il n'avait plus que cela en tête.

— Et vous avez fait comme mon pompier ?

— Que vouliez-vous que je fasse d'autre ? Que je me jette sur lui pour lui rouler un patin et lui dire que je n'attendais que ça ? C'était terriblement déstabilisant pour moi. Au sauna de mon club, je faisais semblant d'ignorer le type, je fermais les yeux le temps qu'il me fasse une branlette ou une pipe puis, sitôt que j'avais joui, je filais à la douche sans même lui jeter un regard. Et là, tout d'un coup, j'ai un mec en face de moi qui me dit droit dans les yeux qu'il m'aime, qui me demande de changer de sexualité, d'engager ma vie… moi qui n'ai jamais vécu plus de six mois avec une copine !

— Justement.

— C'est ce qu'il m'a répondu aussi. Mais ça aussi c'était complètement insupportable à entendre.

— Alors ?

— J'ai réagi très violemment. Je lui ai dit d'aller se faire foutre, de s'estimer heureux de ne pas prendre mon poing sur la gueule, je me suis levé et je suis parti.

— …

— Vous ne dites rien ?

— Que voulez-vous que je dise ?

— Que j'ai eu un réflexe de pure homophobie.

— Certainement pas.

Nous terminâmes nos assiettes en silence. Thierry sonna. Mon soufflé à l'eau-de-vie de framboise sauvage était pour l'œil, autant que pour la narine et le palais, une merveille de délicatesse devant laquelle le sybarite le plus blasé ne pourrait qu'éprouver une sorte d'extase stupéfiée. Thierry regardait sans y toucher, avec un air hostile, son gratin de poire aux épices, assorti d'une truffe glacée à la pistache.

— En tout cas, c'est ce que je pensais lorsque je suis arrivé chez moi. Que si une jolie nana (parce que Raphaël était plutôt beau gosse) m'avait fait une telle déclaration, je lui aurais sauté dessus, on aurait couché ensemble le soir même, on aurait su si ça collait et ensuite j'aurais vu venir. Raph, je ne lui avais pas laissé sa chance.

— Tout le monde n'est pas non plus obligé d'avoir envie de coucher avec un mec, fût-il le mieux foutu du monde.

— Ça n'était pas la question. Ce type m'avait ému, dès notre première rencontre à l'hôpital, je ne saurais vous dire pourquoi. C'est comme ça, on n'y peut rien, certains patients vous touchent; d'autres vous leur faites ce que vous avez à leur faire — point. Et puis j'avais été anormalement heureux de le revoir quand il était venu m'offrir votre bouquin. Jamais je n'avais donné mon téléphone à un patient; j'aurais d'ailleurs très bien pu me défiler, lui dire de m'appeler à l'hosto. Et je m'étais senti étrange en entendant sa voix chaude au bout du fil: j'avais accepté tout de suite son invitation à dîner. Quelque part, je savais ce qu'il avait à me dire, et je n'avais pas été capable de l'entendre.

Deux jours plus tard, Thierry avait reçu *La Cinquième Profanation* par la poste, avec un mot d'excuse de Raphaël lui disant qu'il comprenait sa réaction, mais que, dans cette existence-là, il n'envisageait pas de vivre sans lui. Qu'il allait tâcher d'en recommencer une autre, ailleurs, pourvu que rien ne lui rappelle plus Thierry.

— Je me suis senti très mal. Mais vraiment très mal. Je ne le croyais pas suicidaire mais j'avais l'impression d'avoir merdé, gravement. Je me demandais si je devais lui téléphoner, avertir sa femme. Le lendemain, j'étais malade comme une bête, je n'ai pas pu aller au boulot et je me suis plongé dans votre livre, en éclusant des litres de thé. Puis vous m'avez tué votre juge, et ce meurtre, à moitié politique mais à moitié homophobe, m'a fait éclater en sanglots. Je vous en voulais. Incroyablement. De l'avoir fait mourir, et de cette manière ignoble. J'étouffais. J'ai dû sortir de sous ma couette, aller faire un tour dehors. Je haletais comme si je venais de courir un cinq mille mètres, je hoquetais, les yeux me brûlaient. En rentrant, je me suis endormi comme une masse. J'ai horriblement cauchemardé. J'étais le bourreau et c'était moi qui portais les coups à votre juge… qui avait les traits de Raphaël. C'était moi qui l'humiliais, qui l'insultais, qui le torturais. Qui le tuais. Au milieu de la nuit, je l'ai appelé sur son portable pour qu'il me rejoigne; il a emménagé chez moi le lendemain.

Thierry s'était tu longuement; je n'avais rien trouvé à dire qui ne fût pas ridicule.

— Vous comprenez maintenant ce que je vous dois et pourquoi, lorsque j'ai refermé votre *R. A. Z.*, je me suis dit qu'il fallait que je vous voie, que je vous dise merci.

— Tout cela est très émouvant pour moi. On ne sait jamais ce que provoquent les mots qu'on écrit, et même si mes mots sont peu de chose dans votre histoire, c'est bouleversant de savoir qu'ils ont pu vous aider à vous rencontrer. J'espère en tout cas que vous allez être heureux très longtemps, Raphaël et vous.

— Raphaël est mort il y a deux mois — la voix de Thierry s'était soudain mise à trembler. Pas de son rein, la greffe avait parfaitement réussi. Il rentrait à pied de chez sa femme avec qui il était allé dîner un soir où j'étais de garde à l'hosto. Il a été renversé à cinquante mètres de chez nous, par un chauffard qui a pris la fuite. Il est mort dans le camion des pompiers — nouveau silence que je suis incapable de rompre. Nous avons vécu un peu plus de trois années ensemble. Les plus belles de ma vie.

Je n'ai rien répondu, j'ai juste senti une larme rouler sur ma joue. Thierry a relevé les yeux de son assiette pour les planter dans les miens, et il m'a décoché un des plus beaux sourires que j'aie jamais vu — d'un désespoir radieux.

Puis il m'a demandé si je n'avais rien contre un alcool ; on s'est fixé sur un vieux calvados. Il a fait tourner longuement le liquide cuivré, aux reflets d'or et de havane, dans le verre pansu réchauffé par sa main. Il ne disait plus rien. J'ai aspiré un peu du calva entre mes lèvres, je l'ai gardé en bouche : la saveur de pomme, comme rôtie, affolait des papilles qui avaient déjà été si largement comblées ce soir, la chaleur de cet alcool rustique complétait à merveille l'élégance aristocratique du Ruinart qui avait accompagné toutes nos agapes.

— Il faut que vous ayez le Goncourt — tout bas, comme à lui-même.

— Pardon ?

— Il faut que vous ayez le Goncourt, répéta-t-il haut et clair.

— Je suis plutôt d'accord avec vous, mais cela personne n'y peut rien. Ni vous ni moi, en tout cas.

— Détrompez-vous. J'ai peut-être un moyen… j'ai d'ailleurs commencé… mais il est trop tôt pour vous en dire davantage. Tenez — cette fois, c'est sa main qui tremblait — voici le cadeau que je vous ai promis.

Place Stanislas, on trépasse

Le vendredi en début d'après-midi, j'arrivai à Nancy par le TGV. Dans ma vie d'Ôteur, « Le livre sur la place » de Nancy avait été mon premier salon. Pour mes *Fantômes du couchant*, il avait également été le seul. Il arrive tôt dans la saison ; cette année-là, avant que le corbeau actionnaire de la maison mère de Talapoin eût décroché son téléphone pour fulminer son interdit à mon encontre et sommer le nostalgique de l'OAS de prohiber mon exhibition où et dans quelque condition que ce fût.

Je ne connaissais rien alors du métier, ni des collègues qui tournent sur le circuit, à la manière des tennismen ou des pilotes de rallyes automobiles. Je n'osais pas engager la conversation avec les chalands qui manifestaient un peu d'attention pour la couverture de mon bouquin, ni même avec ceux qui allaient jusqu'à lire le texte figurant au dos. Aujourd'hui, en bon camelot, j'ai une série de spirituelles entrées en matière toutes prêtes, en fonction de l'âge, du sexe ou de l'allure de la pauvre victime potentielle qui marque le moindre temps d'arrêt devant moi. À l'époque, je n'avais pas compris combien un Ôteur, aussi inconnu soit-il, jouit d'une aura qui lui confère, sur la partie de la population qui lit encore, une puissance d'intimidation telle qu'on lui adressera rarement la parole s'il n'en prend pas l'initiative.

Quant à ceux qui viennent flâner comme ils iraient à un salon du chien ou de la caravane… Cette année-là, je me souviens d'un homme dans la cinquantaine, bien mis, dont j'imaginais en conséquence que son pouvoir d'achat lui permettait de risquer l'acquisition du roman d'un inconnu sans le priver d'autres menus plaisirs. Il passait, l'œil éteint, d'une couverture à une autre, sans qu'aucune, à l'évidence, n'éveillât chez lui la moindre curiosité ni l'ébauche de début d'envie de procéder à un achat compulsif. Puis soudain, cette morne pupille se posa sur mes *Fantômes du couchant* — une chapelle blanche sur fond de ciel grec ; elle s'alluma. L'homme se saisit du livre avec un enthousiasme manifeste. Je frémis d'espoir ; j'étais assis derrière mes trois piles depuis plus de trois heures et je n'avais pas encore signé mon premier exemplaire. L'homme ne me jeta pas même un regard, il aperçut sa femme qui s'était arrêtée trois ou quatre Ôteurs avant moi.

— Françoise, viens voir !

Je ciselais dans ma tête la formule que j'allais inscrire à destination de ces lecteurs inconnus. Entre mes doigts, le stylo à plume avec lequel j'allais procéder à cet acte quasi sacré, en frémissait d'émotion. Cette fois, il ne s'agissait pas de journalistes qui recevraient mon bouquin en hommage obligatoire, dont la plupart ne l'ouvrirait même pas, ni de connaissances venues l'acheter par amitié lors de ma dédicace inaugurale en librairie. J'avais en face de moi, ayant pris chair, mes premiers vrais futurs lecteurs par acte libre et volontaire. Françoise tourna la tête, franchit les quelques mètres qui la séparaient de son époux. Mon cœur se mit à battre la chamade : on y était !

— Chérie, regarde ! Tu vois ce bleu, c'est exactement celui que je voudrais pour les toilettes.

Françoise avait opiné, l'homme avait reposé mon bouquin et tous deux étaient repartis vers leur destin en me laissant derrière eux, au comble du désespoir.

À mon côté, j'avais un vieux routier du métier, sympathique en diable, une quarantaine de titres devant lui, édités par une quinzaine de maisons différentes dont il m'avait expliqué que celle-ci était peuplée d'escrocs, celle-là d'incapables... et la quinzième d'un mélange des deux. Depuis le début du salon, il me couvait d'un œil protecteur, me prodiguait encouragements et conseils, essayait de me détendre par des plaisanteries de potache ou des remarques vitriolées sur les passants. Dès le départ de Françoise et de sa moitié, il avait sorti de je ne sais où une bouteille de rouquin et m'en avait proposé un gobelet (de plastique) que j'avais descendu cul sec.

Deux minutes plus tard, je signai mon premier exemplaire et me retournai vers lui, sans doute avec un air assez proche du gamin qui vient de perdre son pucelage. Heureux, fier de lui, mais sans bien savoir encore ce qu'il vient de vivre, ni même s'il y a éprouvé du plaisir, tant il était accaparé par l'angoisse d'être à la hauteur. Lui rayonnait. Il ne me laissa pas même le temps de lui dire qu'il m'avait porté chance. Il me resservit un gobelet et, en trinquant :

— J'avais une vieille copine pute, rue Saint-Denis, qui disait toujours que le plus dur, c'est le premier client de la journée, et puis qu'ensuite on dérouille sans même s'en rendre compte.

Il ajouta une grande tape sur l'épaule : j'étais adoubé.

J'avais ensuite dérouillé un nombre de fois très honorable. Et pourtant, le sort avait voulu que je ne sois pas revenu à Nancy depuis cet adoubement. Le sort ou...

H&O est un éditeur sans beaucoup de moyens humains et financiers; organiser une tournée de salons est un boulot qui prend beaucoup de temps et d'énergie. Pour *La Cinquième Profanation*, nous nous étions réparti le travail, Henri, Mélanie, mon attachée de presse de l'époque, et moi. Mais cette fois-là, on nous répondit à Nancy que nous nous y étions pris trop tard. Puis, pour *Le Diadème des Césars*, que le 30e anniversaire du « Livre sur la place » avait généré trop de demandes de la part d'éditeurs importants avec lesquels le salon avait des relations privilégiées. Enfin, pour *Tigrane l'Arménien*, sorti en février, que la rentrée de septembre avait été pléthorique : on avait dû donner la priorité aux Ôteurs de nouveautés.

Sans doute, les trois fois, la réponse était-elle justifiée. Mais lorsqu'on est un Ôteur gay publié chez un éditeur gay, face à une telle répétition, on ne peut malgré tout s'empêcher de se sentir un peu Juif allemand. La discrimination est chose malaisée à saisir; et je tâche toujours, lors d'un échec, de me garder du soupçon que j'en suis la victime. Reste que si moins de libraires répondaient aux représentants qui leur proposent des romans d'H&O s'adressant à un large public, qu'ils n'ont pas de clientèle pour « ça », reste que si on retrouvait chez moins de libraires qui référencent les bouquins d'H&O, un Verlaine, un Roger Stéphane, un Jean-Louis Bory ou un Navarre dans le rayon cul, simplement parce qu'ils portent la marque d'H&O, je serais encore moins enclin à suspecter la discrimination là où elle n'est probablement pas. Reste aussi que… même les paranoïaques ont parfois des ennemis.

Bref, Braisaillon, lui, n'avait eu aucun mal à faire inviter au « Livre sur la place » son pédé goncourable, et je revenais à Nancy avec douze ans de bouteille en plus, une tchatche d'enfer et une petite notoriété qui ne demandait qu'à prospérer. Je n'avais guère eu à attendre avant de dérouiller et exploser le score de mon année d'adoubement. Ce que m'avait dit Sordel ne tenait pas que de l'intox : *R. A. Z.* marchait fort.

Camille m'avait naturellement programmé toute une série de débats et de rencontres avec les médias locaux. Enfin, comble de bonheur, je me retrouvais à garder le flanc gauche de ma copine Marina alors que Cyrille Dimaschio défendait son flanc droit.

Cyrille, je l'avais rencontré au salon de La Gaude, l'année du *Diadème* : « Marina et ses boys » n'avaient pas tardé à s'imposer sur le circuit comme un trio aussi inoubliable que les Marx Brothers, les Curiaces et les Machucambos réunis.

C'est un des grands plaisirs des salons de retrouver ses copains Ôteurs ; le temps paraît moins long entre les clients : on déconne, on parle sexe, bouffe et éventuellement littérature, on s'épaule quand l'un de nous a un coup de mou et, lorsqu'on a un numéro aussi au point que le nôtre, on arrive, en moyenne une fois sur cinq ou six, à convaincre notre futur lecteur de lire aussi les œuvres de l'un ou des deux autres Pieds nickelés.

En outre, pour les dîners, on évite de se retrouver à une table où l'on ne connaît personne et où l'on s'emmerde ferme en attendant le dessert. Ce qui conduit en général à trop boire et à se réveiller vaseux le lendemain, avec un mal de crâne qui n'aide pas à avoir de l'imagination dans ses dédicaces. Sans compter que tous les organisateurs de salon n'ont pas les crédits suffisants pour abreuver leurs Ôteurs de nectars qui ne tapent pas trop ! Tandis que, lorsque nous sommes tous les trois, si nous picolons sec, même du pinard médiocre, c'est en rigolant — ce qui, comme chacun sait, évite presque toujours la gueule de bois.

Et avec Cyrille, aucun risque ! Cyrille est d'une certaine manière l'inverse de ses livres. Son écriture est sage autant qu'il est lui-même drôle, volubile, exubérant, provocateur — absolument libertin et jouisseur. Cyrille écrit des sagas familiales enracinées dans un coin de terroir ; il a un public nombreux et fidèle : c'est un romancier populaire, au sens… noble du terme. Ses romans crissent de cigales, fleurent bon la lavande que, dans les bonnes familles, on glisse encore entre les draps. Les amours sont contrariées et il respecte les codes d'un genre qui lui interdit de choquer ceux à qui il s'adresse ; mais c'est de la belle ouvrage et, au détour d'une page, il se fait un honneur de raconter à des lectrices qui n'ont jamais rien lu et ne liront jamais rien sur la déportation homosexuelle, qu'un de ses personnages a porté le triangle rose — et ce qu'il a subi. Il est l'héritier d'une longue tradition, naturellement méprisée des « élites » et ignorée de la critique, mais qui permet de garder dans la familiarité du livre tout un public qui, tant qu'il lit, reste susceptible, un jour ou l'autre, de faire des choix plus audacieux.

Nous passâmes donc heureusement le vendredi après-midi tous les trois. Vers seize heures, nous sortîmes prendre un verre dans un troquet du coin.

— Vous avez vu, les garçons, Kerbraz a une nouvelle lectrice.

Nous pouffâmes tous les trois comme des sales gosses. Yvon Kerbraz est un ancien Goncourt et il est de presque tous les salons. Moins pour vendre que… Yvon Kerbraz ne passe jamais plus d'une journée dans un salon sans qu'on le retrouve attablé, au bistrot le plus proche, avec une *lectrice*. Et ensuite on ne le voit plus guère sur son stand. Le syndrome du marin breton sans doute : une *lectrice* dans chaque salon. En un temps record, aujourd'hui. Le plus rigolo étant qu'elles se ressemblent toutes comme deux gouttes d'eau.

En revenant vers notre place, soudain, le doigt accusateur de Cyrille nous désigna un point dans l'allée de gauche :

— Pari gagné : elle est là ! Tu me dois un gage, mec !

— Je ne comprends pas, repris-je, son bouquin a au moins cinq ans et elle arrive encore à se faire inviter partout.

Chaska (« étoile » en quechua), vous ne pouvez pas la rater dans un salon, avec son petit chapeau melon, sa jupe plissée jaune vif sur ses innombrables jupons et ses collants de grosse laine verte, avec son boléro bleu saphir, une pièce d'étoffe en laine d'alpaga rayée jaune, vert, bleu et rouge, nouée sur le devant et qui lui couvre le dos jusqu'aux reins. En plus, c'est une vraie beauté andine : teint cuivré et port altier, deux fentes à peine ouvertes sur deux éclats scintillants d'anthracite en place des yeux, des cheveux aussi sombres que ses pupilles, si brillants qu'on les dirait passés à l'encaustique. La première fois que je l'avais croisée, aux Étonnants Voyageurs de Saint-Malo, je crois, j'en étais resté baba ; ensuite j'avais compris qu'elle ne vendait pas son livre, mais un personnage, un costume, une image.

— Elle vient d'en publier un deuxième, corrigea Marina.

— Qui raconte quoi ?

— Comme le premier, me répondit Cyrille. Qu'elle est presque morte de fièvre à six mois, qu'elle se souvient d'avoir vu en rêve le Grand Condor qui la prenait dans ses serres, et qu'au matin elle était guérie. Que, pendant douze ans, elle a fait quinze kilomètres à pied, chaque jour, dans la neige l'hiver, pour aller à l'école…

— Qu'un jour, elle s'est égarée sur le chemin du retour, l'interrompit Marina pour continuer à sa place, qu'elle n'avait que son poncho, qu'elle s'est pelotonnée dans une anfractuosité de roche, qu'elle a cru mourir de froid…

— Mais que, pendant la nuit, le Grand Condor lui est apparu en rêve, reprit Cyrille en battant des ailes, qu'il l'a emportée dans ses serres pour la tenir au chaud dans son nid…

— Qu'au petit matin, il y avait deux galettes de maïs à côté d'elle, dans la neige, qu'elles étaient toute chaudes et que le Grand Condor était posé à cent mètres d'elle, qu'il s'est envolé et qu'en le suivant des yeux, elle est arrivée au village ? terminai-je.

— Tout juste ! répondirent-ils en chœur.

Nous rigolions tous les trois, à nouveau, comme des bossus.

— Et tout cela, t'es vraiment sûr que c'est du pipeau ? demanda Marina à Cyrille.

— Je te jure qu'un de mes coups réguliers — un gendarme, donc un mec fiable, tu ne me diras pas le contraire ! — a fait toute sa scolarité avec elle. De la maternelle au bac. Sa mère a quitté le Chili après le *golpe* de Pinochet, elle a épousé un pâtissier de Tassin-la-Demi-Lune où est née la petite Chaska, qui s'appelle en fait Nathalie. La première fois qu'ils sont allés dans le pays de maman, c'était pour des vacances en hôtel club, avec deux jours d'excursion dans les Andes, et la gamine avait passé seize ans. Autant te dire qu'elle a plus mangé de pains au chocolat que de galettes de maïs, et qu'elle a plus fréquenté les pigeons des Terreaux que le Grand Condor du Machu Pichu.

Après une journée de salon et avant d'affronter les mondanités vespérales, une longue douche et une heure de vacuité totale, étendu sur son lit devant une connerie télévisuelle quelconque, ne relèvent assurément pas du luxe. Je retrouvai Sordel, qui venait d'arriver, à l'apéritif servi dans un salon du restaurant où nous étions conviés à dîner. Il me présenta plusieurs journalistes nationaux qui étaient là pour tenter de recueillir quelques oracles de la bouche des Goncourts présents : le lendemain, ils décerneraient leur prix de la biographie. Puis il me guida, à travers la foule, au contact de trois des jurés sur lesquels je produisis, me confia-t-il à la sortie du restaurant, un excellent effet.

Je déteste pourtant ce genre de confrontation, je m'y sens stupide, et j'en sors toujours avec l'impression d'avoir répondu à côté, sans le moindre à-propos ni le moindre humour, sans une once d'esprit, sinon celui de l'escalier lorsque je remâche, le soir dans mon lit, les banalités qui ont dû me faire passer pour un crétin, et qu'au lieu de m'endormir, je trouve alors les répliques les plus spirituelles qui se puissent imaginer. Mais puisque Sordel jugeait que je m'en étais bien tiré!...

Cyrille, lui, s'était lancé dans une autre entreprise.

— La couleur de votre cravate met tellement en valeur celle de vos yeux...

Je l'entendais dans mon dos, pendant que Sordel entretenait un critique du démarrage en fanfare de *R. A. Z.*, doublant carrément le chiffre des ventes que nous avions atteint, et prenant soin que son propos parvienne jusqu'aux oreilles du juré qui se trouvait dans les parages.

— Tu as remarqué l'air avec lequel il t'a regardé? me demanda-t-il le lendemain. Incontestablement, on a marqué un point de plus.

Cyrille, lui, en avait marqué d'une autre sorte.

— J'aimerais tant vous voir requérir; dans votre robe rouge, vous devez être terriblement impressionnant!

Il ne vient pas dans les salons pour vendre. L'essentiel de son public achète ses romans dans les clubs du livre. Il vient pour rencontrer ses lectrices et puis à cause des notables de province. C'est son péché mignon. Il paraît que ces gens-là ont des talents cachés, une soif de volupté, une ardeur dans le stupre bien supérieurs à nos pédés blasés des grandes métropoles. Ce soir-là, il avait jeté son dévolu sur un substitut du procureur d'une quarantaine d'années, à qui il n'était manifestement pas indifférent.

Marie-Monique Sénéchal et Antoine Zazor, eux aussi, étaient en campagne — avec infiniment plus de métier que moi. Marie-Monique savait déjà gérer ce genre de situation dans son berceau de l'avenue de Lowendal; Zazor était un roublard de première qui, au fil de ses reniements et de ses palinodies, avait réussi l'incroyable tour de force de capitaliser les réseaux sans s'en aliéner aucun. Quant à Cédryk Hochet, il avait manifestement choisi de jouer à fond sa carte: en jeans déchiré et tee-shirt douteux, un anneau dans le nez, il arborait un superbe iroquois vert et jaune. Encore avait-il dû laisser sa rate favorite au vestiaire.

De ce que je pus entendre, et au-delà des mines de circonstance lorsque se prononçait son nom, personne ne s'étonnait vraiment du sort de Flavien; presque tout le monde s'accordait sur le fait que « cela devait bien finir comme ça, un jour ou l'autre ».

Le lendemain, je retrouvai Marina au petit-déjeuner. Comme dans les vieux couples, c'est à ce moment-là qu'on se fait des confidences; au salon, au dîner, on est dans le brouhaha, l'agitation, la tension. Au petit-déjeuner, on n'a pas encore replongé dans le bain, on peut se confier ses histoires de cœur ou de cul — surtout celles que seuls deux Ôteurs peuvent se raconter en étant certains d'être compris: ses problèmes avec son éditeur et les incroyables carences du diffuseur[1], suspect, ni plus ni moins, d'avoir décidé le sabotage de

1. - Une fois le manuscrit remis par l'Ôteur, l'éditeur prépare la copie, corrige, met en page, choisit un format, un papier, une police de caractères. En principe avec l'accord de l'Ôteur, il arrête le titre, choisit une couverture et rédige le texte dit de « quatrième de couverture » (au dos). Il confie alors ses fichiers informatiques à un imprimeur qui fabrique le livre. Mais entre les presses et la librairie, celui-ci passe

son bouquin ; ses affres quant à l'avenir de celui-ci et ses doutes sur la qualité du prochain, à propos duquel on se demande tous les trois ou quatre jours si l'on ne ferait pas mieux de tout jeter au panier et de recommencer carrément autre chose. Tous les Ôteurs, enfin j'entends par là tous ceux qui écrivent vraiment, eux-mêmes, de vrais livres (par opposition à ceux qui se contentent de les signer ou qui pondent des produits à la chaîne), sont des bêtes fragiles, instables, quelle que soit l'image qu'ils projettent à l'extérieur. Leur équilibre émotionnel est toujours bancal, ils ont constamment besoin de le conforter — de se rassurer.

Et pour cela, une relation comme celle que nous entretenons, Marina et moi, est inestimable. Amitié, connivence, regard bienveillant : il y a eu comme un coup de foudre entre nous, sans rien d'amoureux, parce que nous avons découvert, dès notre premier échange, que nous partagions quelques admirations, la même fascination pour T. E. Lawrence…

C'est au salon de Toulon, deux mois après notre rencontre à celui de Besançon, que notre relation a pris un tour franchement… intime. Toulon a lieu en novembre et ce novembre-là était incroyablement doux et ensoleillé. Or, parmi nos points communs, Marina et moi partageons celui de ne pouvoir résister à un bain de mer. Aussi à midi, pendant que nos collègues allaient s'empiffrer et s'alcooliser, décidâmes-nous d'aller piquer une tête. Nous longeâmes le port, où nous avisâmes

---

encore entre les mains d'un diffuseur-distributeur : c'est lui qui empoche la part la plus importante du prix d'un livre et ce sont ses équipes de commerciaux qui (sauf s'il s'agit des « offices ») présentent les livres aux libraires, qui les défendent et prennent les commandes, qui veillent en principe à ce que les libraires se réapprovisionnent si un titre s'est vendu. Bref, la visibilité d'un livre, quand l'Ôteur n'est pas déjà une vedette, dépend en grande partie de ce maillon essentiel de la chaîne du livre, souvent ignoré des lecteurs et dont l'Ôteur est par nature insatisfait, puisque si son livre ne marche pas, c'est forcément de la faute de quelqu'un d'autre que lui.

Kerbraz sirotant un pastis à une terrasse avec une lectrice, continuâmes jusqu'à la première plage. Et là…

Ce bain, nous en avions parlé la veille. Mais je ne suis qu'un pauvre mâle décervelé ; j'arrivai là les mains dans les poches, sans maillot de bain ni serviette. Marina, elle, avait naturellement tout prévu : maillot une pièce noir mettant en valeur des formes qu'elle a parfaites, serviette de l'hôtel, sac plastique destiné aux effets humides. Je me déshabillai et entrai avec elle dans une eau délicieusement fraîche. Mon slip, australien, d'un magnifique bleu sainte Vierge — de ces accessoires que les gays doivent soudain, à tout prix, se procurer, une ou deux saisons avant qu'ils ne les délaissent parce qu'on les trouve désormais partout — me valut un compliment appuyé.

Puis, lorsque nous nous arrachâmes à la mer pour retourner au turbin, Marina me proposa charitablement sa serviette ; je retirai mon australien pour enfiler mon jean à cru.

— Donne-moi donc ton slip, tu ne vas pas rentrer au salon avec ça à la main.

— Tu es une mère pour moi.

— N'oublie pas de me le réclamer ce soir : tu vois la tête de Marc — son mari — si je rentre avec un slip d'homme dans ma valise !

Et naturellement, j'oubliai de lui réclamer l'objet avant de quitter le salon, où nous n'étions pas voisins, où elle restait le lendemain alors que je filais le soir même à celui de Romans.

Marc ne lui fit pas de scène. Mais nous ne nous revîmes que quatre ou cinq mois plus tard, au Printemps du livre de Montaigu. Ce jour-là, j'étais un des premiers Ôteurs arrivés au salon, un de mes lecteurs ayant convaincu de sympathiques libraires choletais de m'organiser la veille une signature. Ce jour-là, le train des Ôteurs parisiens avait eu du retard et j'étais à la fois si seul sur mon stand et si bien placé, non loin de l'entrée, entre les livres d'un zélateur de la chouannerie et ceux d'un vaticanologue à ma gauche, le témoignage d'une cousine de sœur Emmanuelle et une biographie de Louis XVII à ma droite, que le président du conseil général de Vendée fonça droit sur moi, tout sourire, pour serrer chaleureusement la main au seul Ôteur du salon qui fût à la fois libertin, sodomite, laïc, païen, mécréant, hérétique, relaps et républicain — du genre à admirer Saint-Just et à considérer, avec ce grand bouffeur de curés vendéen de Clemenceau, que la Révolution est un bloc.

Puis, sans avoir eu le temps de me remettre de cette première émotion, le train des Parisiens débarqua, avec Marina dans le groupe de tête qui faisait tournoyer dans les airs... mon Aussiebum bleu sainte Vierge.

Marina est arménienne d'origine : c'est à cause d'elle, en grande partie, que je me suis mis à écrire *Tigrane*. À cause d'elle et d'un débat au délicieux salon du livre de La Gaude, dans l'arrière-pays niçois, où une éminente collègue, d'origine turque et pas amie du tout, soutint devant nous que les massacres d'Arméniens de 1915 ne constituaient nullement un génocide organisé par le régime jeune-turc mais étaient le produit de la faute à pas de chance et du malheur des temps ; puis, dans un second mouvement un rien contradictoire, que si la faute à pas de chance et le malheur des temps leur étaient tombés sur le râble, c'était parce qu'ils avaient trahi — qu'ils avaient, en somme, bien mérité ce qui leur était arrivé. *Tigrane* aussi est sorti d'une colère !

Marina et moi, nous pouvons être des mois sans nous voir, parce que nous sommes rentrés en écriture, mais à notre premier petit-déjeuner de salon, c'est comme si nous nous étions quittés la veille. Byzance, les Croisades, les Vikings : Marina est l'une des meilleures Ôteuses de roman historique de sa génération. J'avais besoin de lui parler de mon Thémistocle; et elle avait besoin de me parler de son prochain qui, pour la première fois, n'aura rien à voir avec l'histoire.

Et puis, tout soudain, Cyrille a fait irruption entre nos croissants. Il y a deux sortes de gens: ceux qui ont la débauche triste, qui en sortent avec des cernes sinistres sous les yeux, et ceux qui, comme Cyrille — ou comme moi — ont le libertinage solaire (*dixit* Onfray), jusque sur leur visage épanoui après une nuit de baise et deux heures de sommeil.

Pourtant, ce matin-là, Cyrille semblait un brin perturbé.

— C'était un mauvais coup, mon chéri, ton substitut? demanda Marina, à mi-voix, lorsque Cyrille vint s'asseoir à notre table.

— Que nenni, gente dame! Ce type est une véritable bête. Il m'a niqué toute la nuit comme un dieu et, en plus, il avait du thé Mariage. Je n'ai même pas eu besoin de sortir le mien.

Car dans le baise-en-ville, en l'occurrence parfaitement nommé, qu'il emporte avec lui pour ce genre d'équipée, Cyrille a toujours, à côté de capotes, un peu d'assam Mariage pour son thé du matin: un de nos points communs et une des raisons pour lesquelles nous nous apprécions, c'est qu'il ne supporte pas le Lipton yellow.

— Ne me dites pas que vous n'êtes pas au courant, alors que toute la France le sait déjà!

Nous ne savions rien. Il était aux anges. Il fit durer le plaisir.

— C'est que le petit, là, ajouta-t-il en me regardant, il devrait commencer à numéroter ses abattis. Qui sait? peut-être que vous allez tous avoir droit à une protection policière. Tu me diras que tu peux toujours demander à avoir des mecs du FLAG[2]. Avec ton goût des uniformes, tu risques de prendre ton pied, mon salaud…

2. - L'association des policiers et gendarmes gay et lesbiens.

— C'est ça, l'interrompis-je, et si tu nous la faisais courte et sobre, pour changer ?

— Marie-Monique s'est fait dessouder cette nuit. Elle a été retrouvée, dans sa chambre, en combinaison de dentelles, avec un petit trou sous le sein gauche.

— Hein !? fîmes-nous en chœur, Marina et moi.

Marie-Monique était logée dans un hôtel différent du nôtre, de l'autre côté de la place Stanislas. Cyrille en était, sur la table de la cuisine, entre le thé Mariage et les pains aux raisins, en plein dérouillage matutinal avec son substitut lorsque le magistrat du parquet avait été stoppé net dans son élan par son bip de service ; il avait été appelé en urgence sur le lieu du crime.

Instinctivement, ma main vint toucher dans ma poche l'hématite de Raphaël que m'avait offerte Thierry à la fin de notre dîner chez Lapérouse. Dans *La Cinquième Profanation*, le héros a reçu de son compagnon cette pierre qui est devenue leur talisman ; il la laisse chez eux en sortant, le soir où il se fait assassiner. Quelques jours après le début de leur vie commune, Thierry avait offert à Raphaël l'hématite qui devait protéger leur bonheur ; Raphaël l'avait laissée chez eux, le soir où un chauffard lui avait ôté la vie.

Thierry… beau comme le diable. Thierry… qui, à la fin de notre dîner, m'avait dit qu'il avait un moyen de me faire gagner le Goncourt, qu'il avait « commencé », mais qu'il ne pouvait m'en dire davantage. Et si mon intuition, en voyant son crâne rasé, était la bonne ? et si la mort de Raphaël l'avait rendu dingue ? et si elle l'avait convaincu qu'il n'avait plus rien à perdre ? et s'il faisait sur moi un transfert ? et s'il avait « commencé » avec Flavien ? avant de poursuivre avec Marie-Monique ?

À Saint-Étienne, ça baigne !

Devais-je faire part de mes doutes à la police ? Et puis quoi encore ! Ce type franchement antipathique et aux trois quarts camé qu'était Flavien avait pu ramener chez lui n'importe quel maladroit auquel il avait demandé de lui serrer le kiki un peu trop fort. Et moi j'allais suggérer aux flics un lien entre ce maladroit et Thierry, qui m'avait offert un dîner chez Lapérouse avec sa paye d'infirmier — même spécialisé, ça devait le saigner pour un bail. Et pourquoi, au juste ? Parce que j'avais associé la beauté de Thierry à celle d'un diable vaguement décrit par un article de presse ? Parce qu'à la fin d'un dîner arrosé, durant lequel il m'avait raconté son histoire, bouleversante, il avait prononcé quelques mots bizarres sur le Goncourt ? À moins que ça ne soit parce que mon mec l'avait soupçonné de dinguerie… au prétexte qu'il voulait me témoigner son admiration.

Belle manière, en vérité, de récompenser un admirateur que de l'envoyer au gnouf ! Moi qui, dans mon *Diadème des Césars*, ai créé un personnage bouclé par cette justice du pays des droits de l'Homme qui embastille en moins de deux — et dans quelles conditions ! — des présumés innocents supposés coupables, avant de les condamner, souvent sans preuves, sur des convictions aussi vagues qu'intimes.

Je ne fis donc part de mes doutes à personne. Même pas à Marina. En même temps, je redoutais plus que tout la mort d'un nouveau concurrent ; d'apprendre un jour prochain que mon silence en aurait été responsable. J'en espérais presque mon élimination de la deuxième liste : au moins, si mon stupide pressentiment était fondé, Thierry arrêterait là les frais !

L'annonce du Goncourt de la biographie s'était faite dans un climat sinistre — n'était la touche de bouffonnerie qu'y mit Cédryk Hochet en faisant un esclandre, cette fois, lorsqu'on avait tenté d'interdire à sa rate l'entrée des salons de la mairie. La présidente du jury commença par rendre hommage à Marie-Monique Sénéchal et Flavien Regbeyzel. Maîtresse d'elle-même, souveraine, comme tous ceux qui dominent par nature les événements, elle le fit avec tact mais non sans émotion, d'une façon que j'imaginais assez proche de celle dont son père alla autrefois demander à Pie XII d'excommunier Hitler.

Je n'ai pas un respect inné pour les institutions, celle des prix littéraires à la française me semble à la fois assez vaine et franchement pathogène — les meilleures institutions ne sont toujours que ce qu'en font les hommes, mais les meilleurs d'entre eux ne peuvent rien faire de bon dans un système pervers. Pourtant cette femme l'impose, le respect — par son courage de résistante (je n'y résiste jamais ; j'ai trop d'admiration pour ces gens-là), ses livres et aussi, à mes yeux, par le fait qu'elle ne fut sans doute pas pour rien, autrefois, dans la destruction, ordonnée par un ministre de l'Intérieur qui était aussi son époux, des fichiers de police répertoriant les pédés ; des fichiers que Brassov et les siens reconstituent d'une autre façon aujourd'hui.

Durant la minute de silence, je me rendis compte que Zazor était livide — de peur ? Tout le reste de l'assistance regardait d'un air pénétré le bout de ses souliers. Sauf Cédryk qui affichait une parfaite décontraction, souriant et caressant la rate juchée sur son épaule. Et lorsque tomba le titre du Goncourt de la biographie, personne ne sut comment réagir. Les jurés avaient voté en juin, ils ne pouvaient prévoir de telles circonstances, ils avaient couronné... *Moi, le Vampire de Düsseldorf*, une biographie de Pierre Kürten, le tueur en série qui avait inspiré à Fritz Lang *M. le Maudit*.

Une conseillère municipale s'évanouit, quelques maigres applaudissements retentirent, Cyrille étouffa de justesse un éclat de rire, Marina lui envoya un coup de coude dans les côtes, le récipiendaire hésita à prendre la parole et bafouilla les remerciements les plus rapides possibles. Je me sentais en totale empathie avec lui.

Puis chacun éclusa le plus rapidement possible sa flûte de champagne. Le buffet restait presque intact. N'était Hochet qui, devant des maîtres d'hôtel éberlués, s'empiffrait de petits-fours, non sans en faire profiter sa rate.

À la sortie, Sordel me glissa à l'oreille que tout cela n'était pas bon pour nous. La mort de Marie-Monique brouillait les cartes à un mauvais moment : si les jurés Braisaillon du Fémina ne pouvaient plus voter pour Marie-Monique, ceux de Grandeuil au Goncourt n'avaient plus de raison de me soutenir. Naguère, et à la stupéfaction générale, le Renaudot avait bien été décerné à une défunte, mais on voyait mal cette curieuse innovation s'enraciner dans le paysage littéraire, sauf à risquer de transformer les palmarès en obituaires.

Pour le reste, la fin de notre « Livre sur la place » fut assez morne ; malgré Cyrille, et bien que j'eusse signé plus que je ne l'avais jamais fait dans aucun salon. De sorte que, ayant le défaut de parler quelques minutes avec mes futurs lecteurs, afin de leur concocter une dédicace un peu personnelle et généralement assez longue (en rien je ne sais faire court), cela provoqua, par moments, un début d'embouteillage, qui pouvait donner l'impression — trompeuse — que je marchais sur les brisées de Marc Lévy et Guillaume Musso.

Le lundi matin, Camille m'accompagna à RTL puis à France Culture; Sordel la remplaça pour le déjeuner avec Marc Alpozzo, du *Magazine des livres,* qui m'avait déjà consacré un long entretien pour *Le Diadème des Césars*. L'après-midi se poursuivit sur le même rythme et c'est avec en tête l'obsession d'un bain chaud qu'en arrivant rue des Thermopyles je trouvai dans ma boîte aux lettres une carte postale... de la place Stanislas.

« Je n'ai pas voulu vous importuner davantage, mais j'étais à Nancy moi aussi ce ouiquende (vous voyez que je suis fan jusque de vos coquetteries orthographiques!) pour le baptême d'un neveu: je sais que tout s'est très bien passé pour vous et j'en suis heureux. Pour ce que vous savez, j'ai commencé mes démarches et notre affaire ne se présente pas mal. Avec tous mes remerciements renouvelés pour le temps que vous avez bien voulu m'accorder, pour vos livres et votre écoute. En toute amitié. Thierry ».

Bordel! Il était à Nancy quand Marie-Monique s'est fait trouer la peau, il a commencé ses « démarches » et « notre affaire ne se présente pas mal »! Cette fois, je dois prévenir les flics. Et puis, tout de suite après: un assassin donnerait-il de tels indices? S'il croit que, pour moi, le Goncourt est plus important que la vie d'un homme et d'une femme, ou si c'est réellement un dingue, pourquoi pas?

Je téléphonai à mon mec pour prendre son avis; savoir quoi faire, partager une décision que je me sentais incapable d'arrêter. Il me rassura, me dit que je me faisais certainement des idées, que c'était le stress, que j'étais déjà en manque de mer et de soleil, qu'il faisait un temps superbe, qu'il arrivait de la plage et que, si moi aussi je venais de me baigner dans une mer pareille, que si, en conséquence, je pouvais jouir de la plénitude de mes facultés intellectuelles et manifester un minimum de sang-froid, ces coïncidences m'apparaîtraient pour ce qu'elles étaient : privées de toute signification. Selon lui, le plus raisonnable était de prendre cinq ou six Spasmine durant quelques jours : pour mon mec, ce médicament à base de plantes est une espèce de panacée relativement aux bobos de la tête.

— Et puis si ça ne suffit pas, mon amour, ajouta-t-il en ricanant, tu peux toujours te faire un petit lavement à la camomille.

Il est comme ça mon mec, et c'est une des raisons pour lesquelles je l'aime. Un soir, il y a une vingtaine d'années, je l'ai retrouvé tétanisé sur notre lit, incapable de dire un mot, de verser une larme ni de faire un geste. Mais depuis, trois ou quatre ans de thérapie comportementale et cognitive aidant, il est devenu beaucoup plus zen. Il peut encore somatiser très convenablement, mais il sait que, chez moi, la dérision est le meilleur des coupe-circuits à l'auto-alimentation de l'angoisse. Si nous sommes encore ensemble, après tant d'années qui nous ont paru si courtes, c'est aussi que nous avons (presque) toujours su nous faire rire.

N'empêche, je n'ai pas beaucoup dormi cette nuit-là, et durant l'entretien que Camille m'avait calé le lendemain matin, j'ai rarement répondu aux questions du journaliste par plus de cinq mots, moi qui ne suis pas plus porté à l'imitation des habitants de Laconie en rhétorique qu'à la brièveté dans les dédicaces ou les étreintes amoureuses.

— Et que pensez-vous de ces deux meurtres ? m'avait demandé l'intervieweur en guise de conclusion.

— Pas grand-chose.

Ce que j'en pensais! si je lui avais répondu que je pourrais bien en être la cause, sinon le commanditaire involontaire, j'aurais sans doute eu mon petit succès!

Quant aux enquêtes policières, elles semblaient piétiner. Les physionomistes des Bains-Douches ne se souvenaient pas d'avoir vu le diable de Flavien à l'entrée — avec ou sans son masque —, et tous les autres Belzébuths de la soirée avaient été disculpés. Un témoin se rappelait que le diable meurtrier portait sur l'épaule un petit sac à dos tandis qu'il se dirigeait vers la Ferrari de Flavien. Personne, en revanche, ne l'avait vu enlever son masque de la soirée et il n'avait adressé la parole qu'à sa victime: tout cela finissait par évoquer d'assez près la préméditation.

Marie-Monique, elle, avait été tuée avec un poinçon effilé qu'elle avait rapporté de Vienne, d'où elle était arrivée en droite ligne à Nancy. Mais pourquoi avait-elle ce poinçon dans ses bagages?

La Salamandre de Carinthie raconte la vie imaginaire d'Hilda, une jeune paysanne de Kappel am Krappfeld en Carinthie, entrée à quinze ans au service de la noble famille des Vetsera. Très vite, elle devient la femme de chambre et la confidente de Mary — morte, le 30 janvier 1889, dans le pavillon de chasse de Mayerling, au côté de l'archiduc Rodolphe, l'héritier du trône austro-hongrois. Aussi, lorsque l'impératrice Élisabeth se met à douter de la thèse officielle — l'apoplexie, puis le suicide —, demande-t-elle à rencontrer Hilda, la personne la plus proche de cette femme que son fils chéri n'avait pas eu le droit d'aimer.

Hilda a-t-elle vu à Mayerling des gens qui n'avaient rien à y faire? des choses que n'avait pas à savoir une impératrice aussi rétive aux règles de la cour, aussi neurasthénique, fantasque et imprévisible ? Hilda échappe en tout cas de peu, dans la nuit précédant sa rencontre avec Sissi, à l'incendie de la partie des communs du palais Vetsera où elle est logée. Elle y gagne le surnom de « ma Salamandre », donné par l'impératrice qui, à l'issue de leur entretien en tête-à-tête, la prend à son service. Elles ne se quitteront plus durant les neuf années de vie errante que Sissi a encore devant elle avant de croiser Luigi Lucheni.

Sissi est arrivée à Genève, le 9 septembre 1898, pour faire une visite à la baronne de Rothschild ; elle a passé la nuit à l'hôtel Beau-Rivage. Elle en sort le 10 à 15 h 00, avec sa dame de compagnie, la comtesse Irma Sztáray, pour aller prendre le bateau qui doit les ramener dans leur villa, de l'autre côté du Léman. La Salamandre est encore à l'hôtel en train de boucler les bagages lorsque, sur le quai du Mont-Blanc, l'anarchiste italien assène à l'impératrice ce qu'elle croit être un coup de poing, et qui est un coup de poinçon.

On transporte l'impératrice sur le bateau, puis à l'hôtel ; elle rend son dernier soupir dans les bras de sa fidèle Salamandre qui, quelques jours après le procès de Lucheni, corrompt un cupide greffier helvète afin qu'il lui remette le poinçon meurtrier : une arme qui ne la quittera plus et qui partage sa vie en deux.

Car après les morts de Mary et Sissi, Hilda se persuade de porter malheur, elle refuse désormais que quiconque s'attache à elle. Danseuse, espionne, femme d'affaires, courtisane, la Salamandre se jette à corps perdu dans une vie d'aventure : éveillée aux plaisirs de la chair par le chef d'une bande de comitadjis, les redoutables terroristes bulgaro-macédoniens, elle pose des bombes pour ses beaux yeux mais le livre aux cruels bachi-bouzouks ottomans lorsqu'elle apprend qu'il la trompe ; venue ouvrir une boutique de frivolités à Cetinje, elle devient la Mata-Hari du Monténégro, traversant les frontières et les fronts durant l'incendie qui ravage les Balkans en 1912-1913 ; mêlée aux complots de la Main noire serbe, elle séjourne à Sarajevo en août 1914, avant de se glisser, l'année suivante, dans le lit d'Enver pacha, le ministre turc de la Guerre, dont elle transmet les confidences aux Français qui viennent de débarquer à Salonique. À Salonique où la Salamandre rencontre la mort, en 1917, dans le grand incendie de la ville, alors qu'elle vient de tomber amoureuse, pour la première fois de sa vie, à quarante-six ans, d'un lieutenant roumain de vingt-cinq. Dans les cendres fumantes de l'hôtel où, durant six semaines, ils avaient fait l'amour chaque fois qu'il avait pu courir la rejoindre, il ne retrouvera d'elle que le poinçon de Lucheni.

C'est la raison pour laquelle, à l'issue de sa causerie de Vienne devant la Société internationale pour la mémoire d'Élisabeth d'Autriche, ladite Société avait eu la délicate attention d'offrir à l'Ôteuse de *La Salamandre de Carinthie* une réplique exacte de ce poinçon qu'on peut voir aujourd'hui au musée Sissi installé dans ce palais impérial de la Hofburg que l'impératrice rebelle avait tant détesté.

Et c'est d'un coup de ce poinçon qu'était morte Marie-Monique Sénéchal. Porté par la même main que celle qui avait asphyxié Flavien ? Et les deux meurtres étaient-ils liés au Goncourt ? C'étaient désormais les questions que tout le monde se posait. À commencer par les inspecteurs qui passèrent me voir chez Braisaillon, le lendemain de mon retour de Nancy. Avais-je reçu des menaces ? Que faisais-je au moment des assassinats ? J'étais encore sur mon volcan lorsque Flavien avait poussé son dernier souffle ; j'étais seul dans ma chambre d'hôtel lorsque Marie-Monique avait été poinçonnée dans la sienne. Ils me donnèrent aussi quelques conseils de prudence et un numéro de téléphone en cas de doute ou de nécessité.

Le mardi 2 octobre, dix jours après la mort de Marie-Monique et quinze après celle de Flavien, les jurés du Goncourt publièrent leur deuxième liste. *L'Ennui à vingt-sept ans* et *La Salamandre de Carinthie* y avaient été maintenus — « par principe, commenta Sordel, ils ne pouvaient pas faire autrement ». *Exfiltration* de Zazor, *Les Lolos à maman* de Cédryk Hochet et mon *R. A. Z.* y figuraient aussi. Trois autres romans avaient réussi l'examen de passage, dont Sordel m'assura qu'ils n'étaient là que pour amuser la galerie.

À la fin de la semaine, nous prîmes l'avion, Marina et moi, mais sans Cyrille, pour le grand salon automnal du sud, dans l'arrière-pays cannois, à Mouans-Sartoux. Voisin de Chaska, j'eus tout le loisir d'étudier sa technique et d'entendre parler du Grand Condor : incontestablement, il s'agissait d'une remarquable commerciale ! Quant à Marina, dont le fils Cyprien chérit une adorable cochonne d'Inde répondant au nom de Polémic, elle s'était liée d'amitié avec Albertine, la rate d'Hochet à côté de qui l'avait placée son libraire.

La semaine suivante, ce fut « La vingt-cinquième heure du livre » au Mans, dont je suis un habitué depuis que les Amitiés franco-helléniques m'y avaient invité pour *La Caverne des Maudits*. Marina était forfait, mais Cyrille avait fait le déplacement ; non sans succès auprès d'un des élus municipaux qui, après le dîner officiel, lui avait fait visiter l'Hôtel de Ville : « Il n'a gardé que son écharpe tricolore et on a fait ça dans la salle des mariages, sous les yeux de Marianne et Brassov : c'était GÉ-ANT !!! »

Enfin, le ouiquende suivant, car l'automne est une sorte de marathon pour le romancier de fond, s'ouvrit le salon « Lire à Saint-Étienne ». Sans que Thierry m'eût donné signe de vie depuis sa carte postale. Sans non plus qu'un nouveau goncourable eût trépassé. Du coup, parmi les Ôteurs, on commençait à sentir comme un certain soulagement — ou un certain regret, c'était selon.

En docteur ès-com, Antoine Zazor s'était néanmoins offert les services de protection rapprochée de la Pax and Securitas, une société qui, outre des prestations en matière de transport de fonds et objets d'art, de service d'ordre ou de filature, s'est imposée ces dernières années comme le principal fournisseur des stars en *bodyguards*. Deux superbes gaillards, genre armoire à glace, avec lunettes noires et oreillettes, l'encadraient à présent en toute occasion. En revanche, moi, j'avais perdu mes anges gardiens : ni Cyrille ni Marina ne venaient cette année à Saint-Étienne. Je m'y retrouvai seul, même si j'étais partout, désormais, très entouré. Je priai seulement les dieux de l'Olympe de ne l'être pas trop mal sur mon stand : j'étais assez stressé pour ne pas, en plus…

Chaska, ce peut être édifiant une fois ; Yvon Kerbraz, c'est le rêve dès qu'il a dégotté sa lectrice autochtone ; mais d'autres voisinages peuvent rapidement virer au cauchemar. Une vedette de série ou un animateur télé qui ont pondu un navet quelconque et vous n'avez aucune chance de vendre un bouquin, tant qu'il ou elle honore le salon de sa présence (ce qui, heureusement, dure rarement plus d'un après-midi), à cause de la foule des amateurs d'autographes, de fans désireux de se faire prendre en photo avec leur star favorite, des badauds qui s'arrêtent pour voir si ladite star correspond à ce qu'ils en imaginaient, tous ensemble formant une espèce de troupeau compact qui interdit tout accès à vos livres.

L'autre très mauvais plan, c'est le cabot incapable de tenir en place plus de trois minutes et de se taire plus de trente secondes, toujours en mouvement, toujours donnant de la voix, interpelant à vingt mètres, d'une voix de stentor, l'une de ses innombrables connaissances, lançant à quelque autre une plaisanterie forcément irrésistible, entre deux renvois de texte forcément sublimes. L'horreur ! Un salon est déjà un endroit où règne un brouhaha infernal, parfois agrémenté d'une sono diffusant les « cafés littéraires » que personne n'entend ni n'écoute ; mais lorsque, en plus, vous devez côtoyer durant deux jours et demi un pareil animal, vous avez intérêt à vous munir d'une provision d'aspirine !

Le troisième cauchemar, c'est le camelot, souvent un régional de l'étape, qui harponne chaque passant, trois mètres à gauche et trois mètres à droite, en lui demandant s'il s'intéresse aux dinosaures, s'il aime la vraie cuisine lorraine, où s'il n'est pas, par hasard, passionné des fêtes de battage en bas Poitou — de quoi virer marteau à partir de la deuxième heure de promiscuité —, une variante consistant à tendre sous le nez du moindre humain faisant vaguement mine de s'intéresser à la couverture des livres de son voisin, un prospectus vantant les mérites du sien.

En l'occurrence, ce jour-là, à Saint-Étienne, mon libraire m'avait choyé. Il m'avait évité ces trois calamités : je siégeais entre un historien et une vieille gloire de la radio. L'historien, comme par nature, est généralement posé — je sais, j'en suis. La familiarité de la longue durée, des passions de nos ancêtres, de leurs illusions et de leurs agitations, généralement vaines ou calamiteuses, incite plutôt à la pondération, à la circonspection, au scepticisme. Au calme. De plus, l'historien est souvent un universitaire : la retape bruyante n'est pas dans ses usages et il reçoit de l'État un traitement qui lui permet, peut-être encore pour quelques années, de ne pas avoir besoin de faire la manche pour survivre ; il n'est donc en principe pas trop âpre au gain. Enfin, s'il attire rarement les foules, ce qui laisse libre la circulation devant vos propres livres, ceux qui viennent à lui sont souvent des gens de qualité, des curieux susceptibles de s'intéresser à mes romans puisque une partie de mes intrigues plonge ses racines dans l'histoire. L'historien est donc pour moi le voisin idéal.

Quant à la célébrité radiophonique, Jacky Track, je suis moi-même trop jeune pour me rappeler l'avoir entendu causer dans le poste. En revanche, dans mon enfance, je me souviens parfaitement de ma grand-mère déplorant que personne, jamais, ne pourrait remplacer Jacky Track, tant il était la bonne humeur incarnée, jamais vulgaire et toujours de bon goût. Avait-il commencé sa carrière à la TSF sous le Front populaire ou à la Libération? L'avait-il terminée avant ou après la crise de Cuba? En tout cas, c'est avec un brin de surprise que je vis son nom sur le carton plié que le libraire avait placé devant nos piles de livres. Était-ce bien là le Jacky Track de ma grand-mère?

D'ailleurs neuf dixièmes des passants à qui son nom disait quelque chose réagissaient à l'évidence comme moi, le défigurant avec un rien d'effarement; et quand ils allaient jusqu'à prendre l'un des deux tomes de ses mémoires en main, c'était pour lui faire un compliment du style:

— Ma grand-mère parlait tellement de vous, c'est dommage qu'elle soit morte il y a cinq ans, votre livre lui aurait fait rudement plaisir!

Ou bien lui demander:

— C'est vraiment vous Jacky Track, mais vous avez quel âge?

Jacky répondait, s'attirant immanquablement un:

— Eh ben! ça, on peut dire que vous ne les faites pas.

Et c'était vrai, il ne les faisait pas. Car le vieux monsieur portait beau et son cri de guerre de l'époque, qui ouvrait et ponctuait chacune de ses émissions, que toute la France avait repris en chœur pendant au moins vingt ans, de la ménagère à ses fourneaux jusqu'aux maris qui se descendaient un petit Clacquesin ou un Picon bière au café avant de rentrer se mettre les pieds sous la table pour le déjeuner (c'était une France qui déjeunait encore à la maison !), ce slogan ne relevait manifestement pas d'une publicité mensongère :

— Avec Jacky Track, jamais patraque ! Avec Jacky Track, toujours d'attaque !

Ses deux livres de souvenirs, logiquement, avaient pour titre : *Jamais patraque* et *Toujours d'attaque*. Mais son lectorat naturel avait eu une hygiène de vie moins saine que la sienne ; en tout cas une longévité moins remarquable : Jacky ne vendait guère. En revanche, il était d'une discrétion aussi exemplaire — l'éducation d'avant-guerre ! — qu'était remarquable son self-control : il ne cilla même pas lorsqu'un étonné, avec moins de tact que d'autres, lui demanda tout à... trac :

— Oh ben ça alors ! mais vous n'êtes donc pas mort ?

Si bien que désormais, je puis avancer que la vieille gloire radiophonique est un voisin aussi désirable que l'historien.

Pour moi, Saint-Étienne s'était aussi merveilleusement passé que les trois premiers salons de la saison. J'avais eu le plaisir de revoir quelques-uns de mes lecteurs d'Aris, une association gay lyonnaise où je compte quelques fidèles. Et dans le train du retour, on sentait flotter comme une espèce d'allégresse : pas de meurtre, tous les Ôteurs rentraient sains et saufs, aucun nouveau goncourable n'était tombé au champ d'honneur.

Le lendemain matin, on apprit que Zazor avait été retrouvé mort chez lui. Plus précisément dans sa baignoire.

À La Madeleine, on reprend haleine

Antoine Zazor avait une histoire familiale compliquée. Issus d'une famille russe de la petite aristocratie terrienne, percluse de dettes à la veille de la Révolution, ses grands-parents paternels étaient parvenus de justesse à fuir les Soviets. À Nice, en 1922, ils s'étaient placés comme domestiques chez de riches Anglais. Né durant leur hégire, sur le bateau qui les conduisait de Crimée vers Constantinople, le père d'Antoine s'était engagé en 1942 dans la *Wehrmacht*, puis avait été intégré à l'Armée de l'ex-général rouge Vlassov, constituée par les nazis pour « libérer » la Russie. Après avoir massacré ici et là, il s'était retrouvé en mai 1945 au Liechtenstein, ce qui lui avait permis d'aller faire un petit tour en Argentine, histoire d'attendre que les choses se calment. De retour en France, il avait épousé une vedette de la chanson yéyé de douze années sa cadette : Antoine était venu au monde en 1958.

À deux mois près, nous avions le même âge, Zazor et moi, mais contrairement à moi il avait été un talent précoce, célébré par la critique dès son premier roman, en 1976, comme l'héritier des Hussards. Aussi radicalement antiféministe qu'antimarxiste et antifreudien, *Des lionnes et des femmes* défendait la supériorité naturelle du mâle. Son héros, un jouisseur cynique, était marié à une femme qui méritait qu'on l'exploitât et la trompât — vouée au foyer, à la reproduction et au pouponnage. Il l'exploitait et la trompait avec une lionne — femme par l'apparence mais assez masculine par l'esprit pour transcender la malédiction de son sexe et s'élever vers lui, qui l'affranchissait des contraintes morales communes, l'éduquant au plaisir dont seuls les hommes, et les femmes suffisamment fortes pour s'approcher d'eux, sont dignes de jouir. Le héros du roman conduisait en outre au suicide, sans le moindre scrupule, un ami d'enfance, traître à son destin de mâle dominant par son humanisme, son altruisme, ses scrupules face à l'action — toutes choses qui le rabaissaient vers la féminité —, par sa fascination quasi amoureuse pour le narrateur qui, après avoir joué avec lui comme le chat avec une souris, lui crachait au visage le dégoût qu'il lui avait toujours inspiré.

Zazor avait déjà compris que, dans le monde à venir, la provocation et le faux scandale compteraient davantage que le propos, un positionnement marketing efficace et un bon *gimmick* bien plus qu'une voix. Il avait été l'un des précurseurs de ce monde littéraire où il vaut mieux choquer que construire, où le Moi, loin d'être haïssable, est au contraire placé au centre, où la critique sociale, l'intention politique, les valeurs auxquelles on cherche à donner chair deviennent non seulement secondes mais illégitimes. Zazor avait été l'un des inventeurs de ce monde où, pour intéresser les médias, il faut être l'Ôteuse qui n'aime les yaourts que passés de date ou celle qui narre ses galipettes à longueur de pages, tout en se scandalisant qu'on réduise ses livres à... des galipettes ; l'Ôteur qui a été cancre, contorsionniste et batelier sur la Volga, l'Ôteur qui montre son cul à La Closerie et baise sans capote, ou celui qui... vit sur un volcan grec.

Zazor n'avait guère de vision de l'homme à défendre, mais il avait un sens inné des coups. Ainsi qu'une ambition hors du commun, qui ne tarderait pas à faire de lui un des éditeurs les plus influents de Chalminar et de Paris. D'autant que, trois mois après le passage à l'Ouest d'un des plus célèbres dissidents soviétiques, l'héritier des Hussards avait obtenu de lui une préface pour son quatrième roman, une épopée revendiquant le passé de son père, à la gloire de l'Armée Vlassov. En 1983, il avait publié un violent pamphlet contre Mitterrand, qui engageait un flirt prolongé avec l'extrême droite, suffisamment pour poser au mouton noir, pas assez pour mériter une excommunication du Milieu. Avant d'écrire en 1989… son premier roman prolétarien : à l'heure où le communisme s'effondrait, Zazor avait pensé qu'il fallait devenir le dernier Ôteur communiste. Le cycle avait duré trois livres ; les ventes s'étaient rapidement étiolées.

Le caméléon avait encore publié une autofiction sans le moindre signe de ponctuation, juste assez croustillante, avec juste assez de personnages à clé pour faire frétiller le Landerneau germanopratin que passionnent toujours le vent et les spécieuses audaces. Puis il y avait eu la biographie à la diable de Guillaume Anfry de Chaulieu (1639-1720), un abbé de cour un peu escroc, « un véritable anarchiste, confessa Zazor à tous les médias, sans Dieu ni maître, que j'ai découvert il y a plus de vingt ans, qui m'a hanté, dont je suis aujourd'hui convaincu d'être une sorte de… lâchons le mot : une sorte de réincarnation. »

Enfin, le 1er janvier 2000, Zazor avait sorti un court essai pour expliquer que le roman était mort à Auschwitz, qu'il avait été bien long à le comprendre mais qu'il ne serait pas de ceux qui, au XXIe siècle, s'acharneraient à lui faire du bouche-à-bouche. La critique avait été dithyrambique ; Zazor avait disparu fin 2001 en délivrant un dernier message : « après le 11 septembre, écrire quoi que ce soit est définitivement devenu dérisoire ».

R. A. Z. ? Avec les FARC dans la jungle colombienne ou dans une madrassa des zones tribales d'Afghanistan ? À moins que Zazor ne fût revenu aux sources, dans le sein de sa grand-mère Russie. Au début des années 1980, il s'était lié avec Limonov, le petit voyou de Kharkov devenu l'Ôteur du *Poète russe préfère les grands nègres* puis, après un passage chez les Bosno-Serbes, le fondateur du Parti national-bolchevique. Russe, rouge et brun : rien qui fût étranger à Zazor. En avril 2001, Limonov avait été arrêté par le FSB de Poutine dans les montagnes méridionales de l'Altaï, accusé d'y préparer, à la tête d'une milice personnelle, l'invasion de la partie nord du Kazakhstan, en grande partie peuplé de Russes. Certains prétendirent que, en attendant sa sortie de prison, Limonov avait demandé à Zazor de veiller sur son trésor de guerre et de garder sa troupe sous pression jusqu'au retour du Chef.

Quant aux mauvaises langues, elles avancèrent qu'il s'agissait là du dernier roman dicté par un Zazor grimé en Michima d'opérette, alors qu'il filait le parfait amour dans une somptueuse villa du Nouveau-Mexique avec une starlette espagnole, enfant terrible d'une des grandes fortunes du franquisme et plus célèbre pour sa poitrine et sa collection d'amants de la jet-set que pour sa présence à l'écran.

Zazor avait refusé de répondre après son retour sous les projecteurs. Car il était revenu. Grosse impression : première apparition, avec son éternelle chemise blanche, col pelle à tarte, ouverte sur son poitrail bronzé, le visage buriné, barbu, la crinière toujours aussi romantique, bien que blanchie, au meeting de Bercy où il expliqua micro en main, entre un comique troupier et un philosophe pathétique, devant un océan de militants déchaînés, pourquoi il soutenait de toutes ses forces Brassov, le candidat de la droite à la présidentielle.

Et voilà que, six mois plus tard, Brassov épousait la starlette espagnole… dont Zazor était le témoin. Voilà que Zazor accompagnait le président et sa nouvelle épouse, la quatrième, au Vatican, pour célébrer devant Pie XIII les valeurs chrétiennes que la France a tant ignorées depuis un siècle — incontestable cause de son déclin. Voilà que paraissait *Exfiltration*; et voilà qu'*Exfiltration* se retrouvait sur la liste des Goncourts.

C'est qu'il avait du métier Zazor! Il n'avait pas oublié comment se prépare un lancement: *Exfiltration*, c'est le roman de LA conversion de Zazor — au catholicisme bien sûr. Ou comment l'homme ne peut s'exfiltrer de ses erreurs qu'en redécouvrant Dieu. *Exfiltration*, c'est plutôt bien écrit et franchement pas mal foutu, un magistral mea-culpa pour toutes ses erreurs de jugement, toutes ses malhonnêtetés — d'une habileté diabolique. *Exfiltration* n'est pas autobiographique au sens littéral du terme, c'est mille fois plus intelligent que la meilleure des innombrables auto-scrutations de nombril que produit chaque année l'édition française. *Exfiltration* joue avec toutes les images et toutes les postures successives du polygraphe, toutes les rumeurs et toutes les zones d'ombre… jusqu'à la femme du président que d'aucuns ont cru reconnaître dans le personnage d'une chanteuse portugaise; il ne dément ni n'accrédite rien. *Exfiltration* est l'imposture absolue d'un maître imposteur, son chef-d'œuvre après plus de trente années d'imposture, raison pour laquelle Zazor était, à l'évidence, celui d'entre nous qui devait avoir le Goncourt.

Mais il ne l'aura pas. La scène centrale d'*Exfiltration* — la conversion de Martin, le héros de Zazor — a lieu dans une discothèque des environs d'Aurillac: de la petite bière, à côté, le chemin damascène de Paul, la nuit d'extase de Pascal et le pilier de Claudel ! Ce soir-là, au Macumba, se produit un « sosie » de Claude François, en plus bouffi. Le playback reprend pour la deuxième fois : « la lumière du phare d'Aleeeeexandrie, fait naufrager les papillons de ma jeunesse… » lorsqu'un éclat de lumière céleste, provenant de la petite croix d'or qu'a gardée au cou l'une des claudettes à trop gros cul, frappe soudain la rétine de Martin.

Livre testament : car au terme d'une vie d'habiletés, de reniements, d'hypocrisies, bien plus que la foi de Paul, de Blaise et de Claudel, Zazor confesse dans *Exfiltration* son unique fidélité, sa seule véritable passion, sa vénération exclusive, immarcescible, intransigeante pour ce Claude François que sa chanteuse yéyé de maman écoutait en lui donnant le sein, qu'elle n'avait cessé d'écouter. Jusqu'à ce qu'elle l'abandonne, un peu avant ses douze ans. À cause d'une méningite.

Nous étions rentrés le dimanche soir de Saint-Étienne ; le lundi matin, Zazor avait été retrouvé mort, un sèche-cheveux plongé dans sa baignoire.

Des six sélectionnés vivants de la deuxième liste, nous n'étions plus que cinq ; et des cinq qu'on donnait le plus souvent comme les lauréats possibles au début septembre, il ne restait que Hochet et moi. Le mardi suivant, après la Foire du livre de Brive, les Goncourts annonceraient leur ultime sélection, celle des finalistes, et dans quinze jours exactement les jurés rendraient leur verdict. Encore fallait-il tenir jusque-là !

Le téléphone de Camille, celui de Sordel, le mien ne cessaient plus de sonner : est-ce que je croyais à une malédiction du Goncourt comme il y avait eu, jadis, celle de Toutankhamon ? Avais-je une idée d'où pouvaient venir les coups dont avaient été victimes mes concurrents ? du mobile de l'assassin ? car désormais, pour tout le monde, on avait affaire à un tueur en série. Pouvait-il, selon moi, s'agir d'un candidat déçu des années précédentes ? d'un Ôteur furieux de n'avoir pas été retenu cette année ? On me citait même des noms. *R. A. Z.* et *Les Lolos à maman* de Cédryk Hochet restaient désormais les deux choix les plus plausibles du jury : avais-je un pronostic sur lequel de nous deux serait la prochaine cible du « Tueur des goncourables » ? Avais-je pris des dispositions particulières quant à ma sécurité ? Avais-je cru bon de « mettre mes affaires en ordre » ? N'avais-je pas pensé à me retirer de la course pour sauver ma peau ? Irais-je aux obsèques d'Antoine Zazor, à La Madeleine, que le président Brassov et son épouse honoreraient de leur présence ? Pensais-je être encore vivant à l'heure du déjeuner chez Drouant ?!

Désormais, j'étais passé de la rubrique littéraire à celle des faits divers : *Libé* consacrait sa une à « La série noire couronnée malgré eux par les Goncourts », les magazines pipoles, plus ou moins scandaleux, voulaient tous publier un portrait : « Les goncourables encore en vie, mais pour combien de temps ? » titrait l'affiche de l'un d'eux placardée sur tous les kiosques de Paris, avec la photo des cinq rescapés.

— Je viens de lancer un nouveau tirage, me glissa à l'oreille Sordel, alors que nous nous retrouvions, le mercredi, sur les marches de La Madeleine. Si ça continue à ce rythme-là, on n'a même plus besoin du prix ! dans un mois, on aura atteint les ventes d'un vrai Goncourt.

Tout le monde me salua comme si je devais, juste après, prendre ma place dans la bière. Pour beaucoup, l'air accablé de la présidente réglait définitivement la question des années de disparition du défunt. Quant à Brassov, plus branché sur le 380 et bourré de tics que jamais, il m'assura que la police faisait le nécessaire et au-delà. Il savait que je n'étais pas de son camp, mais il avait donné des instructions personnelles. Il ne tolérerait pas, de toute façon, que le meurtre de son « ami Zazor, un grand chrétien » restât impuni. Le pays avait le regard braqué sur moi et mes compagnons d'infortune, nous devions nous en montrer dignes.

Brassov avait aussi salué Cédryk, mais plus brièvement : peut-être à cause de son iroquois poudré à la Marie-Antoinette et de sa veste lamée argent, portée sur une chemise à jabot bouillonnant et des jeans blancs — « les reines de France portaient le deuil en blanc » déclara-t-il ensuite à la presse. Il avait juste accroché un ruban noir au cou d'Albertine.

— Pourquoi tu ne rentrerais pas ici ? Avec tes ventes, on n'en est plus à un aller-retour près et que tu ailles ou pas à Brive ne fera pas une grande différence ! Et puis tu retournes à Paris vingt-quatre heures avant le verdict.

Lorsque je l'avais eu au téléphone, juste après l'annonce de la mort de Zazor, mon mec avait pris les choses moins à la légère : si ce n'était pas Thierry le meurtrier, peut-être était-il plus prudent que je me misse à couvert. C'était même la sagesse. Il a rarement tort, mon mec ; ce qui a d'ailleurs tendance à m'énerver. Mais si je refusais de me ranger à son opinion, cette fois, ce n'était pas par l'effet de cet agacement qui me conduit de temps en temps — lui dirait systématiquement — à le contredire tout en sachant que j'ai tort. J'aurais eu tout simplement l'impression de trahir.

Je hais viscéralement tout ce que représente Brassov : l'arrogance de l'argent, la réaction, la vulgarité, l'égoïsme des nantis, la morgue du donneur de leçons de morale qui pratique dans sa vie l'exact contraire de ce qu'il prêche aux autres. Pourtant, lorsqu'il m'avait dit que la France avait les yeux braqués sur nous, je savais qu'il avait raison : on ne peut pas avoir tort en toute occasion. Partir, c'était céder à la force, à l'intimidation, à la trouille. Je n'ai pas particulièrement un tempérament de héros ; mais je déteste qu'on me force la main. Je serais volontiers retourné sur mon volcan ; mais pas sous la menace. Et pas seulement parce que j'ai l'esprit de contradiction ; parce que, pédé, je me sens une espèce de devoir supplémentaire : celui de faire mentir la vieille accusation chrétienne contre ces sodomites qui, intrinsèquement pervers, ne peuvent en conséquence qu'être couards, lâches et portés à la désertion.

N'empêche qu'entre courage et témérité, il y a une marge, et si Thierry n'était pas le meurtrier… Mon mec insista pour rentrer jouer les gardes du corps. Je ricanai. Marina et Marc, son mari, me proposaient d'occuper, jusqu'au jour fatidique, une chambre d'amis de leur pavillon en meulière où un jeune homme au pair, un « charmant » rouquin, Irlandais, deuxième ligne de rugby et pratiquant plusieurs arts martiaux, s'occupait de leur fils Cyprien. Cyprien m'aime bien ; mon mec et moi avons des rapports privilégiés avec Polémic, la cochonne d'Inde dont nous avons plusieurs fois assuré la garde lorsque la famille partait en vacances. La présence de Brian était rassurante et non sans agrément esthétique. Le compromis était acceptable : je l'acceptai. Quant à la police, dont je m'étais aperçu qu'elle exerçait désormais une discrète surveillance de ma personne, elle approuva cette mesure prophylactique.

J'avais déménagé dès la veille des obsèques zazoriennes. Mais du coup, j'allais devoir jouer serré. Car mon mec et moi, nous nous étions également mis d'accord sur le fait que je devais revoir Thierry au plus vite. Le voir, mais lui éviter tout désagrément injustifié avec la police si j'estimais, après avoir discuté avec lui, qu'il n'avait aucune responsabilité dans ces meurtres. En attendant, la police ne devait rien savoir ni de son existence, ni de notre entretien. Du lundi au mercredi, j'avais composé à de multiples reprises le seul numéro de téléphone qu'il m'avait donné, celui de son mobile. J'étais invariablement tombé sur sa boîte vocale. Si bien que le jeudi, lendemain de l'enterrement, mes messages vocaux comme mes courriels étant demeurés sans réponse, j'avais appelé le service de néphrologie de Necker : aucun infirmier du nom que Thierry m'avait donné n'y avait jamais travaillé !

Mais à peine avais-je fait part à mon mec de cette nouvelle qui m'avait glacé, à peine avions-nous décidé ensemble qu'il était temps de prévenir la police de l'existence de Thierry, à peine avais-je raccroché, que Thierry me rappelait enfin.

Son ordinateur avait planté et, comme un malheur n'arrive jamais seul, il avait oublié son mobile chez un copain où il était allé dîner le ouiquende dernier. Là-dessus, il avait eu un boulot infernal, garde sur garde à l'hôpital… il était rentré dormir chez lui, hier soir à 23 h 00, pour la première fois de la semaine, sa connexion Internet n'était toujours pas rétablie et il n'avait récupéré son téléphone que ce matin. Il m'avait appelé aussitôt qu'il avait découvert mes messages.

— J'ai essayé de vous joindre à l'hôpital, répliquai-je d'une voix sèche, mais personne de votre nom n'y travaille.

Un long blanc.

— C'est sans doute très con, surtout pour un psychiatre…

— Psychiatre ?

— Oui, je n'ai pas soigné Raphaël en néphro à Necker, je suis médecin psychiatre dans une clinique de Montfort-l'Amaury.

— Vous voulez dire…

— À la suite d'une histoire de harcèlement au boulot dans une boîte d'où on cherchait à le virer, Raphaël avait craqué, sombré dans une dépression profonde, fait une tentative de suicide. Il a passé trois mois chez nous.

— Dans ce cas, pourquoi m'avoir dit ?…

— J'avais aimé vos livres mais je ne vous connaissais pas. Je ne voulais pas que vous pensiez qu'il était tombé amoureux de moi à cause d'une histoire de transfert, ou que je m'étais mis avec lui par… pitié, pour l'empêcher de se suicider. Ni surtout qu'il pouvait s'être jeté sous la voiture qui l'a tué. Et puis dans cette affaire, je n'ai pas respecté la plus élémentaire des règles du métier : garder la distance…

— Les règles d'un métier, quel qu'il soit, face à l'amour…

— Oui, mais je ne suis sans doute pas plus à l'aise avec cela que je ne l'étais avec le déni de mes désirs quand je l'ai envoyé chier. En tout cas, à ce moment-là, il ne prenait plus rien, il avait retrouvé du boulot, il allait parfaitement bien. Vous me croyez maintenant ?

Qu'est-ce que je pouvais répondre ? Ce type avait réponse à tout ! Ou bien il était très fort, ou bien… il disait la vérité. Il fallait de toute façon que nous nous rencontrions au plus vite. Il n'avait rien contre, mais le jour même c'était impossible : je devais être dans une demi-heure sur le plateau de Canal + ; il repartait à 13 h 30 pour sa clinique de Monfort où il était d'astreinte jusqu'à lundi. Le manque de personnel, un collègue malade, il lui était absolument impossible de se dégager. Cependant, à la clinique, les nuits de garde, il disposait d'un studio où nous pourrions discuter tranquillement après la fin de son service. Mais ce soir, j'étais bloqué à Paris pour un dîner très parisien organisé par Sordel autour de ma personne. Et demain matin, vendredi, je prenais le train pour la Foire du livre. Nous convînmes donc que je me rendrais à la clinique dès dimanche soir, en débarquant de Brive.

— En tout cas pour « notre affaire », les choses…

Je l'interrompis brutalement : je ne voulais rien savoir de cette affaire qui n'était pas nôtre puisque, en rien, elle n'était mienne, et je lui demandai de jurer, sur la mémoire de

Raphaël, de ne plus rien faire, dans l'affaire en question, avant que nous nous soyons revus. Il sembla étonné de ma réaction. Il jura néanmoins.

J'étais un peu rassuré ; si Raphaël n'était pas aussi une invention…

À Brive-la-Gaillarde, ça canarde

La dernière chose sur laquelle nous étions tombés d'accord au téléphone, mon mec et moi, c'est qu'il fallait que je me détende. Entre Canal et le dîner de Sordel, j'avais donc décidé de profiter d'un après-midi miraculeusement libre pour me faire un hammam. Et plus si affinités. Le Riad est mon établissement favori pour ce genre d'exercice : décor oriental, thé à la menthe, ambiance… familiale, piscine et beaux garçons, voilà ce qu'il me fallait pour me changer les idées.

Je commençai par un long bain de vapeur, avec auto-étrillage au gant de crin et matage intensif. Le hammam, c'est comme le vestiaire du club de gym : même si on ne touche pas, il remplit une fonction érotique capitale. Excitante et, en même temps, curieusement apaisante. Puis je m'en remis aux mains de Mehdi, mon masseur préféré, qui fit son office avec talent et sensualité ; tout en s'inquiétant du degré de tétanie de mes trapèzes. Je sais ! c'est toujours là que je concentre mon stress.

Mehdi joua les prolongations et, quand je sortis d'entre ses mains, je me sentais un autre homme. Je voyais les choses plus calmement : rien n'indiquait que Thierry fût pour quelque chose dans la mort de Zazor, dont rien non plus, d'ailleurs, ne démontrait pour l'heure qu'il s'agissait d'un crime. Certes, on ne voyait pas très bien pourquoi Zazor se serait suicidé à si peu d'encablures du Goncourt. Certes, la thèse de l'accident domestique semblait hasardeuse. N'empêche! J'étais sans doute plus soucieux que je ne voulais me l'avouer et l'interminable attente de la décision du jury m'affectait plus que je n'acceptais de le reconnaître. Je feignais l'indifférence, mais mon angoisse refoulée, jointe à la tourmente médiatique, m'avait fait surréagir, surinterpréter.

Au sous-sol où j'étais descendu rôder entre les cabines de « repos », j'avais rapidement repéré le superbe loulou, la quarantaine triomphante, dont les cuisses massives, et ce qui se trouvait entre elles, m'avaient tiré l'œil tout à l'heure dans la brume du hammam, dont la carrure et les bras étaient tout ce qu'il me fallait pour achever le bénéfique travail de Mehdi et me permettre d'affronter plus sereinement la dernière ligne droite. Je commençai à esquisser une manœuvre d'encerclement de l'animal lorsque, entre lui et moi, déboula soudain de l'escalier... Cédryk — sans Albertine.

Il était mieux foutu que ses accoutrements ne le laissaient deviner : il n'avait certes pas le physique de rugbyman ou de capitaine du GIGN qui me fait triper, mais son corps n'était pas malingre et asexué comme il semble s'ingénier à en donner l'impression. C'était un vrai mec qui, manifestement, s'entretenait — même un peu plus : biceps renflés, ventre plat, pectoraux bien dessinés, cul rebondi ; il avait certes sacrifié à la mode sacrilège de l'épilation, mais mon pagne de tissu éponge dissimulait mal que le bougre me produisait un certain effet ; il me lança un clin d'œil complice.

— Alors toujours en vie ?

— Comment l'écrivez-vous ?

— Comme il vous plaira, me répliqua-t-il en esquissant une révérence et en écartant un pan de sa serviette.

— Ne dit-on pas que là où il y a du vit, il y a de l'espoir ? repris-je en tendant la main vers l'un des anneaux qu'il portait aux tétins.

Et des anneaux, Cédryk n'en portait pas qu'au nez ou aux seins, sans même parler de la ribambelle qui lui perçait les lobes auriculaires. Il en avait au nombril, au bout du gland, sur la face inférieure de la verge, et trois au périnée : un vrai casse-tête, j'imagine, quand on doit régulièrement passer les portiques de sécurité des aéroports.

Cédryk Hochet avait publié ses deux premiers romans dans « Le Coin rainbow », l'inoubliable collection de Wilfrid Deraid. Issu de la grande bourgeoisie comme lui, énarque comme lui, en disponibilité deux ans après ses débuts dans la préfectorale à Langres, égocentrique et capricieux comme lui, il avait, comme Deraid, disposé d'emblée de tous les réseaux parisiens qui font les notoriétés.

Aussi Cédryk n'avait-il pas trop galéré pour retrouver un éditeur, après que Deraid eut activement participé au naufrage de celui qui lui avait fait confiance, en publiant un nombre incroyable de nanars — à commencer par les siens — et en signant un nombre non moins stupéfiant de contrats faramineux à des auteurs dont certains n'avaient jamais écrit une ligne et dont le seul mérite de beaucoup avait été de baiser avec lui.

Les éditions PI.O.TR. avaient accueilli Cédryk à bras ouverts. Et Cédryk était passé avec agilité de l'exaltation du *fist-fucking* et du *bareback* à une littérature aussi discrètement absconse que formellement aventureuse — illisible, en somme. *Où est le bec ?*, le premier Hochet nouvelle façon, avait fait grosse impression. Il y narrait le traumatisme majeur vécu durant l'été de ses quatre ans dans la propriété normande de ses parents : l'inconsolable chagrin qu'il avait éprouvé lorsque le canard qu'il chérissait avait déserté la mare de la ferme voisine ; la découverte de sa tête, et surtout de son bec, sur un tas de fumier, quelques jours plus tard, lui avait révélé son homosexualité.

Puis, l'an dernier, *J'aime pas les sushis* avait alimenté la conversation des dîners en ville pendant au moins quinze jours. La critique branchée avait crié au génie, informant le lecteur vulgaire qu'il convenait de reconnaître dans « le narrateur à la voix blanche, si subtilement impersonnelle, si totalement désincarnée, un journaliste du *Nouvel Obs* », dont on taisait naturellement le nom (c'est si valorisant de faire savoir qu'on est du *happy few* qui sait !) ainsi que, dans les protagonistes de la passion, saupoudrée de cocaïne, une ministre récemment disgraciée par le président Brassov et une star du football professionnel. Cédryk avait bien sûr décroché le prix de Flore.

Avec *Les Lolos à maman*, il proposait « un très subtil et poignant deuxième tome de son autobiographie déjantée ». À quinze ans, après avoir vu un film de Fellini, le narrateur s'était mis à faire de plus en plus souvent, puis chaque nuit, le même cauchemar : il étouffait entre les seins de sa mère. La haine qu'il en avait conçue du lait, des yaourts, du fromage, l'avait conduit de proche en proche jusqu'à l'anorexie. Il n'avait réussi à rompre la spirale infernale que le jour où il avait surpris, dans une chambre inoccupée de la clinique où il était soigné, son psy, pour lequel il nourrissait en secret d'ardents désirs, en train de dévorer avec gloutonnerie les seins de sa mère.

Cédryk m'entraîna dans une cabine. Je me laissai faire. Il referma la porte derrière nous. Je m'aventurai à la découverte de sa quincaillerie pendant que nos lèvres se joignaient en un violent baiser. Le bougre savait y faire, et n'était manifestement pas adepte que des sexualités extrêmes dont il avait fait l'éloge dans ses premiers livres. Ses intentions se précisaient.

— Capote, indiquai-je dans un souffle, mais d'un ton qui n'avait rien d'interrogatif.

— Évidemment, qu'est-ce que tu crois ?

— Que tu as écrit des dizaines de pages pour faire l'apologie du *bareback*.

— Ben oui, et alors ? c'était dans l'air du temps, non ? Je suis négatif et j'ai bien l'intention de le rester.

Je me retins à quatre de ne pas lui envoyer un direct au foie et de le planter là. Combien de gamins, à cause de ce type, étaient-ils devenus séropositifs ? Combien, à cause de lui, devraient-ils prendre chaque jour, et pour des décennies, les comprimés auxquels était désormais suspendue leur vie ? Je faillis lui dire qu'on avait eu bien raison de fusiller Brasillach et que nous autres, gens de plume, nous avons des responsabilités, que nos mots peuvent contaminer comme ils peuvent tuer. Que je m'étais laissé aller à le suivre ici parce qu'il était mieux foutu que je ne l'imaginais, qu'il avait un joli sourire et un beau cul, que sa ferblanterie m'amusait, mais que je ne baiserais pas avec un salaud de son espèce. Que je l'avais toujours jugé irresponsable, mais qu'au moins je le pensais sincère ; que désormais il me répugnait franchement.

La bouche de Cédryk ne m'en laissa pas placer une et ses doigts, pianotant sur mes vertèbres, déclenchèrent de redoutables déferlantes de frissons ; il me répugnerait de nouveau tout à l'heure.

Après, nous restâmes un long moment enlacés, alanguis, à se caresser et s'embrasser, doucement — moi, à tripoter ses anneaux.

— On se fait un hammam ? proposai-je. J'ai apporté un gant de crin : si tu veux, je te bouchonne et ensuite on cause sérieusement : j'ai deux ou trois choses à te dire.

Toi, mon gars, tu as beau être un maître baiseur, pensai-je, Brasillach, tu n'y couperas pas.

— Tu rigoles ! répondit-il.

— Pourquoi ?

— Tu t'imagines mon iroquois en sortant d'un bain de vapeur !

Je pouffai. Ce type était séduisant, cynique, d'une monstrueuse hypocrisie, privé de tout sens moral, de tout respect pour autrui, de tout scrupule : il était toxique et parfaitement haïssable. Mais c'était avant tout un pitre.

— Sans parler de tes anneaux qui risquent de rouiller, ajoutai-je en tirant un peu fort sur son prince-Albert.

— Aïe ! Arrête connard, c'est de l'inoxydable.

Puis après un silence, soudain sérieux, presque sombre :

— Avant ta leçon de morale sur les petits cons qui sont devenus séropos à cause de moi, il faut que je te demande quelque chose.

— Si je ne connaîtrais pas une structure qui puisse accueillir Albertine, qui vient d'être diagnostiquée Alzheimer, c'est ça ?

— Tiens ! tu connais le prénom de ma rate, toi ?

— J'ai mes sources.

— Non, sérieusement pour une fois : j'ai reçu des menaces de mort ce matin.

Il me conduisit jusqu'à son casier et me montra une lettre assez explicite, composée de caractères de journaux collés.

— Qu'est-ce que tu ferais à ma place ?

Le lendemain, Marina et moi arrivâmes en gare d'Austerlitz une demi-heure avant le départ du train du livre. À plus d'un titre, la Foire de Brive est une expérience unique dans une vie d'Ôteur. D'abord parce que c'est un des salons du circuit où l'on signe le plus. À Brive, on sent que la Foire a filé à tout un territoire le virus de la lecture, que les lecteurs y viennent pour retrouver leurs chouchous, mais aussi pour fouiner, découvrir. On sent que la Foire les a éduqués à la curiosité, à ne pas se laisser avoir par les choix pipeautés des médias.

Il y a d'autres salons où l'on a cette impression-là, qui sont le résultat de l'entêtement de passionnés, où l'on sent que le salon a modifié en profondeur le paysage culturel local, où, par amour du papier et de l'encre, des bénévoles se décarcassent, donnent leur temps et leur énergie pour que les Ôteurs se sentent pris en charge, accompagnés, dorlotés, logés chez l'habitant parfois, même s'il y a toujours de très grosses têtes pour considérer qu'on est loin d'avoir eu à leur égard les attentions que commande leur génie.

Mais Brive est le seul salon où votre bouquin, une fois que vous l'avez dédicacé, a trois chances sur quatre de disparaître dans un grand cabas, entre le canard et le chou pour la garbure. Ce qui, aux yeux de l'impénitent gourmand que je suis, est le plus beau compliment qu'on puisse faire à un bouquin… avant de le lire.

Brive est le seul salon où, entre deux dédicaces, vous pouvez sortir faire vos provisions de foie gras et de confit pour l'année. Brive est le seul salon avant lequel il vaut mieux se mettre à la diète deux ou trois jours, parce qu'après le train du livre il y encore deux dîners et deux déjeuners, parce que même si votre éditeur n'a pas réservé un an à l'avance pour que vous ayez, au moins une fois, une table à La Truffe noire ou Chez Francis, il va falloir tenir le choc gastro-hépatique, éviter l'overdose de graisse d'oie, de cahors et d'armagnac.

Si bien que, sur le quai de la gare d'Austerlitz, je préférai m'en tenir au café sans viennoiserie. Salutations un peu trop enjouées ou d'un ton un peu trop détaché, je sentais bien que la plupart des regards s'apparentaient à celui d'un protecteur des animaux se posant sur un bœuf au moment où il va monter dans la bétaillère qui le conduira à l'abattoir.

— Alors, le condamné à mort, il est comment ce dernier kawa ?

Marina embrassa Cyrille : notre trio de légende était reformé.

Nous partîmes en direction de la voiture où Camille nous avait réservé trois places. Les derniers potins, Sordel me les avait communiqués lors du dîner de la veille : il était certain que je tenais la corde. Il avait passé quelques coups de fil aux patrons des magazines où sont publiés les palmarès des meilleures ventes : Braisaillon est un annonceur loin d'être négligeable en ces temps de crise ; *R. A. Z.* serait partout, la semaine prochaine, dans le tiercé gagnant. Camille me remit ma feuille de route détaillant mes différents débats, café littéraire, entretiens avec des médias régionaux. Le train s'ébranla peu après 10 h 00 et les premiers amuse-gueules, foie gras en brioche et figues farcies au foie gras, commencèrent à arriver alors que nous n'avions pas encore laissé la banlieue derrière nous.

Certains égarés cherchaient leur éditeur ; les Ôteurs de petites maisons, comme je l'avais été lors de mes précédents voyages, tentaient, eux, de trouver un siège vide. Poignées de mains, clins d'yeux appuyés ou sourires crispés, tuyaux crevés et vraies vacheries commençaient à s'échanger. Tout ce qui compte dans le microcosme littéraire était là : Brive est le seul salon où les éditeurs doivent payer tous les frais, mais le train du livre justifie à lui seul ce sacrifice. Là, se trament les derniers complots d'avant les prix ; là, s'esquissent les manœuvres d'approche et de séduction qui conduiront aux transferts d'une écurie à une autre ; là, se distillent les confidences, vraies ou fausses, se diffusent les rumeurs, se font et se défont les réputations : un déraillement concocté par un redoutable groupe terroriste d'épiciers gaucho-corréziens et ce serait la fine fleur de la littérature française qui disparaîtrait d'un coup !

Sur le quai, en grande discussion, j'avais reconnu Bertrand-Hadrien Vivaron, dit BHV, et Marc Duruy, l'ancien ministre, qui sont à la philosophie ce qu'André Rieu et Richard Clayderman sont à la musique symphonique. Plus loin, nous avions croisé Dominique Viellest, l'inoubliable interprète de la série policière *Jenny Lameuse*, qui venait de publier un inoubliable chef-d'œuvre sur la manière dont elle avait perdu vingt kilos en mangeant du boudin pendant trois mois à chaque petit-déjeuner. Chaska était là également, bien sûr — déjà en technicolor. Et le type qui était passé dans l'allée, alors que je venais de m'asseoir en face de Cyrille, c'était Jean Esther, l'ancien conseiller de Mitterrand, condamné trois fois pour plagiat, viré de la présidence de la BIDBU (Banque international de développement du bonheur universel) à cause de ses extravagantes notes de frais et qui, après avoir expliqué avec compétence pendant vingt ans, sur tous les plateaux télé, qu'il fallait déréglementer pour libérer la créativité économique, explique doctement désormais, sur les mêmes plateaux, que la dérégulation des trente dernières années ne pouvait que conduire à la crise. Il avait publié quatre livres dans les six derniers mois — tous de sa main évidemment : il dort très peu. Au bout de la voiture, il y avait encore le présentateur vedette, dans les années 1990, de « Vos malheurs m'intéressent », dont le dernier opus s'intitule : *Du mystère de Chartres à l'énigme de Roswell : les extraterrestres sont déjà parmi nous.*

— Tu lui as dit, pour de Gaulle ? me demanda Cyrille.

— Tu as vu à côté de qui il est ? enchaîna Marina.

— Connais pas, répondis-je.

— Non ! ne me dis pas ça, tu me troues ! — Cyrille avait un air outré. Tu ne connais pas Mégana ?!

— Mégana ?

— Ben oui, quoi, Mégana, l'inégalable madone de Huis-Clos Story n° 1 ; Mégana, l'illustre Ôteuse de *Mon pet dans la piscine* !

— S'ils font des petits, j'en réserve un tout de suite, conclut Marina.

On nous proposa un floc de Gascogne ou un vin de noix pour accompagner les canapés de grattons de canard. J'optai pour le vin de noix à l'instant où pénétraient dans notre voiture les deux frères Trepanov, Fedor et Michka, qui, sous l'effet de je ne sais quel rayon gamma lors d'un de leurs voyages dans le futur, à moins que ce ne soit entre les mains d'un quelconque docteur Frankenstein, se retrouvent, à cinquante ans passés, avec les lèvres de la regrettée Lolo Ferrari et un menton ressemblant comme deux gouttes d'eau à la barbe postiche d'un pharaon de Haute et Basse Égypte.

La fine fleur de la littérature française, on vous dit !

— Et moi, glissai-je à Marina, j'ai déjà réservé chez Raël un petit clone des envahisseurs !

— Je suis sûr qu'ils l'ont rencontré, reprit Cyrille, sérieux comme un pape.

— Qui ça ? — une fois de plus, je ne l'avais pas vu venir.

— Ben, de Gaulle, pardi, tu vois bien qu'ils débarquent de la troisième dimension !

Puis nous eûmes droit au foie gras et sa confiture d'oignons doux des Cévennes, accompagné d'un verre de ce nectar doré qu'est le pacherenc de Vic-Bilh, suivi d'une daube d'oie aux pruneaux, d'un ris de veau en papillote de chou avec sa sauce crémée, d'une salade aux copeaux de magrets fumés, des fromages, le tout arrosé d'un saint-émilion pas piqué des hannetons, avant que n'arrivent la tarte aux pommes caramélisée, le café — avec ses mendiants évidemment —, puis un très honorable armagnac que nous finissions de siroter lorsque le train ralentit, vers 14 h 00, à l'approche de Brive.

L'air frais nous ranima à peine. Sur le parking de la gare, nous passâmes tout près de Cédryk. Il attendait auprès de son car, qui n'était pas le nôtre, pour mettre sa valise en soute. Fuchsia, la valise ; d'où un certain contraste avec sa tenue et son maquillage du jour, franchement gothiques.

— Qu'est-ce que t'as fait finalement ? lui demandai-je. Tu *les* as prévenus ?

Il me fit signe que non et posa un doigt sur sa bouche.

— Qui est-ce qu'il n'a pas prévenu ? Les flics ? me demanda Marina pendant que nous poursuivions vers notre car. Il a reçu des menaces ?

— J'ai promis de ne rien dire.

— Même à moi ?

— Même.

— Bon bon, je n'insiste pas. Tu as vu qu'il a changé de…

Sordel me happa pour me présenter à deux des immortels qui, tout à l'heure, remettraient le prix de la langue française, dont le jury mélange l'Académie du quai Conti à celle de chez Drouant ; j'oubliai de demander, en retrouvant Marina à la sortie du bus, devant la halle Georges-Brassens où nous allions signer, si Cédryk avait changé de vernis à ongles ou de couleur de lentilles.

Mes dédicaces de l'après-midi furent nettement plus courtes qu'à l'habitude. J'avais la bouche pâteuse et le plus grand mal à écrire quatre ou cinq mots qui fussent cohérents. D'autant que Marina et Cyrille étaient chacun sur un stand différent, de telle sorte que je n'avais personne pour me stimuler. À dix-sept heures, ils vinrent me chercher pour aller boire un coup. Nous nous poussâmes tous les trois du coude en ricanant : Yvon Kerbraz avait déniché sa lectrice ! L'ordre du monde était respecté. Un tilleul-menthe (en thé, ils n'avaient que du Lipton yellow), retour au turbin et, après une rapide halte à l'hôtel, retour à table pour le dîner de gala.

Au café, Cyrille demanda à la cantonade qui l'accompagnerait au Cardinal, les Bains-Douches de Brive où les fêtards du salon passent la plus grande partie de la nuit. À la cantonade, c'est le cas de le dire puisque, durant tout le repas, il avait honteusement dragué le conseiller général d'un canton voisin, un ancien trois-quarts aile du CA Brive qui s'était assis par hasard à notre table. Marina, l'épouse de l'élu local et moi-même déclinâmes. J'ai toujours détesté les boîtes et j'avais le plus grand besoin de cuver, digérer et roupiller un bon coup.

Après avoir consulté des yeux sa moitié, et malgré le regard assassin qu'elle lui décocha en retour, le conseiller général, lui, ne put résister à la nostalgie des troisièmes mi-temps : tant pis pour les trois jours de gueule qu'elle allait lui tirer ! Il lui donna les clés de la voiture ; il trouverait bien un pote pour le ramener. Il se leva de table et disparut derrière Cyrille.

Nous en étions à notre deuxième tasse de thé, le lendemain matin, lorsque Cyrille fit son entrée. Il affichait le même air qu'à Nancy, en revenant de chez son substitut.

— Eh bien, mon amour, tu n'as pas réussi à le ramener dans ta tanière, ton conseiller général ? lui demanda Marina lorsqu'il s'assit à notre table.

— Tu rigoles ! ce type a une queue diabolique. Décidément mes agneaux, la province et les hétéros, y'a que ça de vrai ! Je me demande ce qu'on fout encore à Paris, à s'encrasser les poumons, avec tous ces pédés qui bandent mou en se demandant si on est assez bien foutus pour eux ! dit-il en sortant de sa poche son petit paquet d'assam Mariage. Ici t'as l'air pur, tu bouffes trois fois mieux pour deux fois moins cher, et les mecs de quarante ans ont tellement besoin de tendresse et de sensations fortes qu'ils sont aussi excités que des cerfs à la saison du brame et aussi doux que des geishas — il tournait la cuiller dans la théière, d'un air absent, pour mélanger les petites feuilles à l'eau chaude. Le mec, il te pilonne comme un canon de 75 sans recul. Tu prends ton pied comme un malade, lui aussi, on se fait un gros câlin et là, sans crier gare, il se retourne pour te dire d'un ton parfaitement naturel et parfaitement craquant qu'il n'a jamais fait ça mais qu'il y a longtemps que ça le démange et que, si t'en as envie, il essaierait bien avec toi de voir si ça passe et quel effet ça fait — il remplit sa tasse.

— Ben alors qu'est-ce qui ne va pas, mon grand ? repris-je à mon tour.

— Ne me dites pas que vous n'êtes pas au courant ! — il avait porté sa tasse à la hauteur de ses lèvres, humait son thé comme un grand cru.

— Parce qu'on devrait être au courant de quoi ? demanda Marina.

De nouveau, il nous tenait à sa merci. Il but précautionneusement une gorgée de thé.

— Vous ne devinez vraiment pas ? reprit-il en me fixant droit dans les yeux, avec un petit sourire au coin des lèvres.

Un frisson me parcourut l'échine. Thierry était de garde dans sa clinique. Oui, mais si Thierry n'était pas plus médecin psychiatre qu'il n'était infirmier en néphro à Necker ?!

— Cédryk…

Il porta de nouveau sa tasse à ses lèvres, aspira un peu de liquide comme il l'aurait fait avec une paille. Oh non ! ce n'est pas possible ! Pourtant Thierry m'a juré de ne rien faire ! sur le souvenir de Raphaël. Oui, mais si Raphaël n'a jamais existé ?!

— Eh bien, quoi, Cédryk ? accouche nom de Dieu, Cyrille, t'es pas drôle !

Marina semblait paralysée, frappée de mutisme ; elle me regardait comme si je risquais de passer l'arme à gauche la minute suivante.

— T'énerve pas, garçon !? Cédryk, cette nuit, entre le Cardinal et son hôtel…

Il aspira encore un peu de thé. Cette fois je me tus : si je le brusquais, il ferait durer le plaisir encore un peu plus. Il mordit sur son croissant. La bouche à moitié pleine :

— On lui a tiré dessus.

Albertine retrouvée, les mystères se dissipent (partiellement) entre Colmar, Saint-Louis et Montpellier

On avait tiré sur Cédryk, mais on avait été maladroit. Sa rate était la seule victime de l'attentat.

— Bizarre, avait aussitôt commenté Marina.

— Pourquoi ? avions-nous demandé ensemble, Cyrille et moi.

— Tu ne m'as pas laissé finir lorsque je t'ai dit, à la descente du train, qu'Albertine avait disparu.

— Albertine, disparue ? mais non, voyons, je me souviens parfaitement qu'il l'avait sur l'épaule.

— Il avait une rate sur l'épaule, mais ce n'était pas Albertine. C'était une rate de rechange.

— Tu es sûre ?

— Absolument certaine : on ne trompe pas si facilement la maîtresse de Polémic ! J'ai passé deux jours et demi avec Albertine à Mouans-Sartoux : elle a, sur la joue gauche, une petite tache blanche que n'avait pas la rate d'hier. Autrement dit, soit Albertine est morte après les obsèques de Zazor — c'était encore elle : je l'ai caressée — et il l'a aussitôt remplacée, soit…

— Cédryk a monté un attentat bidon, reprit Cyrille, dans le but de coiffer notre Ôteur sur le poteau : pour que le coup ait une chance de réussir, il fallait un mort, mais comme il tient trop à son Albertine, il a sacrifié une rate anonyme.

Je demandai à mes deux amis de m'excuser quelques minutes et j'appelai la clinique psychiatrique de Thierry. Quelques instants plus tard, il était au bout du fil. Je poussai un énorme soupir de soulagement, dont il me demanda le sens. Je lui répondis que je lui dirais tout le lendemain soir. Bien sûr, il avait pu faire l'aller et retour de Brive en voiture pour canarder Cédryk et le rate…r; c'était cependant assez improbable.

Dans la matinée, les policiers me demandèrent de confirmer que j'avais bien vu la lettre de menaces. Je confirmai. Je n'étais pas le seul; Cédryk l'avait montrée à deux autres personnes. Puis, un peu avant midi, était tombé, sur le fil de l'AFP, un communiqué de l'Académie Goncourt: consultés au téléphone par leur présidente, et ne souhaitant pas mettre plus longtemps en danger la vie des Ôteurs encore en course, les membres de l'Académie étaient tombés d'accord, à l'unanimité, pour ne pas décerner leur prix cette année.

Je n'aurais donc pas le Goncourt!

Depuis sa création, le prix avait toujours été attribué, même si en 1960, après le vote, la polémique lancée par *L'Humanité* et *Les Lettres françaises*, relayée par Sartre, sur le passé fasciste du lauréat roumain, Vintila Horia, avait conduit les Goncourts à ne pas le décerner. Le communiqué rappelait que la seule fois où aucun vainqueur n'avait été distingué, c'était en 1914, pour cause de guerre; mais qu'il l'avait été deux ans plus tard, en même temps que celui de 1916: le jury se réservait le droit d'en faire autant, dans un futur indéfini et en fonction de la conclusion des enquêtes policières en cours.

C'est Sordel qui était venu m'annoncer la nouvelle. Elle ne l'atterrait pas: Camille croulait déjà sous les demandes d'entretien, nous allions avoir une publicité d'enfer — gratuite —

et Sordel venait de commander en urgence un bandeau rouge : « Le non-Goncourt pour cause de meurtre ».

Au retour, le train du livre est plus calme : on n'a qu'un bouillon de canard gras et une omelette aux cèpes. À la gare d'Austerlitz, vers 22 h 00, je quittai Marina et sautai dans un taxi. La clinique de Thierry est installée à Montfort-l'Amaury, dans un grand parc à l'orée de la forêt de Rambouillet.

Thierry m'avait dit de sonner à l'entrée et de le demander. La nuit était froide ; il tombait une espèce de crachin glacial ; je me retrouvai devant un haut mur et un portail métallique vert sombre, éclairé par la lumière blafarde d'un réverbère. Le chauffeur du taxi, un beur dans la trentaine, plutôt joli mec, avait baissé sa vitre et semblait inquiet de me laisser seul ici, loin de tout. Il me demanda si j'étais bien sûr de mon adresse, ajoutant qu'il allait attendre de voir si je ne restais pas en rade. Je lui en fus reconnaissant ; à vrai dire, j'avais le trouillomètre à zéro.

Une voix grésilla dans l'interphone ; on me demanda de patienter.

— Alors ? interrogea le chauffeur.

Je fis une moue dubitative, tout en haussant légèrement les épaules pour signifier que je ne savais rien encore. Puis la voix de Thierry me parla enfin dans l'interphone.

— Je vous ouvre la porte piétons, à côté du portail. Entrez et fermez bien derrière vous. J'arrive.

J'entendis le sifflement de la commande électrique, je remerciai mon chauffeur et lui dis qu'il pouvait s'en aller.

— Vous êtes sûr ? vous ne voulez pas que j'attende encore un peu.

Je lui répondis que non, poussai la porte, vérifiai qu'elle s'était bien verrouillée en se refermant. J'entendis la voiture démarrer. J'étais seul, face à une longue allée asphaltée, éclairée par une ligne de lampadaires à boule, plutôt faiblards. Je frissonnai. Enfin, après deux ou trois minutes qui me donnèrent une idée de l'éternité, j'entendis le bruit d'un moteur électrique, puis je vis arriver vers moi une voiturette de golf surmontée d'un dais, du genre de celles qui servaient à la circulation dans le village du *Prisonnier*. Je m'avançai à la rencontre de Thierry quand, du bois, à deux mètres de moi, surgit une ombre… Je poussai un cri et fis un bond en arrière : le type s'arrêta, me regarda, il pointa son index sur sa tempe et le tourna deux ou trois fois :

— Vous êtes fou, ou quoi ?

Puis il reprit sa course. Mon cœur battait encore la chamade lorsque la voiturette s'arrêta devant moi.

— Certains de nos patients ont la liberté de se balader dans le parc jusqu'à minuit.

Je montai à côté de lui, il fit demi-tour et nous repartîmes d'où il était venu. Le bâtiment principal, une maison de maître où se trouvent les installations médicales, les bureaux et les chambres des malades les plus graves, est entouré de petits pavillons modernes, dont l'un est dévolu au médecin de garde. Le mobilier est ordinaire mais confortable ; nous nous installâmes, moi dans un fauteuil de cuir, lui à une extrémité du canapé. Il nous servit un whisky.

Le rire de Thierry emplit la pièce lorsque j'eus fini de lui expliquer le but de ma visite.

— Vous avez vraiment cru que je pouvais tuer pour vous faire avoir le Goncourt ?!

— Cru, ce n'est pas le mot ; si je l'avais cru, j'en aurais parlé à la police. Disons que vos propos, la carte postale de Nancy, votre silence après la mort de Zazor, le coup de fil à Necker m'avaient donné quelques doutes. Sérieux. Mais alors, quel était votre moyen de me faire avoir le Goncourt ?

— C'est une longue histoire.

— Mais encore? Je crois que j'ai vraiment besoin de savoir pour…

— Ne plus avoir aucun doute? Alors voilà: il y a environ vingt ans, j'en avais dix-huit, j'habitais Bordeaux et, le oui-quende, j'avais mes habitudes à la plage naturiste du Porge. Un jour où la mer n'était pas vraiment mauvaise, mais où le coefficient de marée était fort, alors que je me baignais dans une zone assez éloignée des postes de CRS, j'ai vu une baïne se vider brutalement. Vous savez, les baïnes, ce sont ces poches d'eau fermées par un banc de sable qui disparaît lorsque la mer monte, et qui, quand elle redescend, peut céder sous la pression du reflux. La brèche se transforme alors en siphon dans lequel, ce jour-là, un gamin a été aspiré. Emporté en quelques secondes vers le large, paniqué, il s'est retrouvé pris dans les déferlantes. J'ai nagé vers lui aussi vite que j'ai pu; il était inconscient lorsque je l'ai ramené sur le sable. Je lui ai fait un bouche-à-bouche en attendant l'arrivée des CRS. Durant le trajet jusqu'au poste de secours, le père m'a dit que, tant qu'il serait de ce monde, je pouvais lui demander n'importe quoi. Y compris sa propre vie si ça me chantait: il me la donnerait de bon cœur. Puis, pendant vingt ans, il m'a envoyé chacun de ses livres.

— Vous voulez dire…

— Il est rentré au jury Goncourt il y a quelques années: la veille de notre dîner chez Lapérouse, je lui avais téléphoné. Il m'avait tout de suite donné rendez-vous. Je l'ai vu chez lui le jour de votre départ à Nancy, et je lui ai expliqué pourquoi je tenais absolument à ce que vous ayez le Goncourt. Il a gardé le silence pendant au moins cinq minutes, puis il m'a répondu que vous n'étiez pas son candidat jusqu'à cette seconde, mais qu'il n'avait pas détesté votre livre et que, désormais, il allait se battre pour vous de toutes ses forces. Sans bien sûr me donner aucune assurance, il a ajouté qu'il avait quelques espoirs : vous aviez déjà plusieurs supporters très déterminés. C'est pour cela que je vous ai écrit de Nancy que j'avais commencé mes démarches et que notre affaire ne se présentait pas mal. La veille de votre départ à Brive, il m'a même rappelé pour me dire que les choses se précisaient, et dans un sens qui semblait prometteur pour vous.

J'en restai baba. Je n'eus pas le temps de le remercier, son bip venait de l'appeler au pavillon central. Il me dit de me resservir et de faire comme chez moi en attendant son retour. Je me sentais bête, et plus encore — coupable de l'avoir soupçonné alors qu'il était venu à moi les mains pleines. Quand il rentra, j'étais sur le canapé ; il s'assit près de moi et, de fil en aiguille, ce qui devait arriver arriva.

Ce fut étrange de faire l'amour avec lui, à cet endroit, dans ces circonstances, après ce mois de tension, de fatigues, de soupçons, au terme de ce ouiquende éreintant, plein d'émotions et de rebondissements. Étrange aussi, parce que nous fûmes interrompus à deux reprises au milieu de l'action par son bip ; étrange de le voir sauter aussitôt dans son pantalon, de l'attendre et de tâcher ensuite de reprendre les choses là où nous les avions laissées. Ce fut aussi comme un grand soupir de soulagement, une immense détente. Mais alors qu'il s'était lové dans mes bras et que je me sentais glisser dans un délicieux sommeil, mes doigts fourrageant doucement dans la toison de sa poitrine, j'avais entendu sa voix — incertaine, grave :

— Je ne t'ai pas tout dit.

— Pas tout dit, sur quoi ?

— Deux semaines environ après la mort de Raph, un copain, concessionnaire Ferrari pas très loin d'ici, m'a téléphoné. Il n'avait pas fait le rapport, mais en y repensant… Le lendemain de l'accident, un type qu'il n'avait jamais vu lui avait apporté son bijou à réparer. La voiture avait reçu un choc à l'avant. Le type était pété de thunes, il lui avait dit qu'il s'était payé un clébard, la veille, en rentrant de Normandie, qu'il n'avait pas besoin d'attendre l'expert de l'assurance, vu que ça risquait de lui coûter aussi cher en malus qu'en réparation. Le copain lui avait demandé si le clébard en question c'était un danois ou un mastiff, parce que le pète sur la carrosserie, ça évoquait plus un sanglier qu'un chien. Le type n'a pas répondu, il a payé d'avance, en liquide. Plus que généreusement.

Le garagiste n'avait pas son adresse, mais il avait le numéro de la bagnole et, sur la plaque, le nom du concessionnaire parisien qui l'avait vendue: il avait appelé son collègue à la demande de Thierry. Le propriétaire de la Ferrari accidentée s'appelait Flavien Regbeyzel.

— Tu veux dire que le diable, c'était toi? Je l'ai su à l'instant où je t'ai vu chez Lapérouse. C'est pour cela qu'ensuite j'ai été tellement troublé.

— Je voulais rencontrer ce type, essayer de savoir si c'était lui. Mais sous quel prétexte? J'ai décidé de le draguer: une soirée de lancement du rouge à lèvres Vampirella organisée autour d'Eléna Báthory, annoncée partout comme un des événements de la saison, il ne pouvait qu'y être.

Le déguisement, Thierry l'avait emprunté à la clinique: chaque année, des malades montent une pièce, d'autres fabriquent décors et costumes; il avait trouvé un justaucorps de diable qui lui allait; il avait acheté les bottes et les gants d'occasion sur un site Internet. Puis Thierry s'était arrangé pour participer, ce soir-là, à l'action de prévention du Kiosque Info Sida Toxicomanie, une association pour laquelle il travaille depuis des années et qui, régulièrement, est présente aux

Bains-Douches. Au milieu de la soirée, lorsque Flavien était arrivé, il avait dit à ses collègues qu'il ne se sentait pas bien. Les autres l'avaient illico renvoyé chez lui. Il avait pris son sac à dos, avait fait mine de partir et était allé revêtir sa tenue satanique aux toilettes.

Flavien avait été un peu long à convaincre ; il ne se trouvait pas assez défoncé pour rentrer — fût-ce avec un Belzébuth de première classe. Mais Thierry n'est pas psy pour rien, il avait fini par avoir raison de ses défenses.

— Je n'ai jamais eu aussi peur de ma vie. Si on avait croisé un clébard ou… un Raphaël, je ne vois pas comment il aurait pu l'éviter. On est montés chez lui. Je voulais juste qu'il me dise si c'était un clébard ou Raphaël qu'il s'était payé, et si ce n'était pas un clébard, je voulais qu'il me suive chez les flics.

— Alors ?

— En arrivant, il nous a servi deux verres de vodka. Il a descendu le sien d'un coup, s'est resservi, s'est mis à me caresser l'entrejambe. Puis très vite il est allé chercher sa dope. En revenant, il a vidé son deuxième verre et m'a dit qu'il adorait le *breath control* ; que, sous coke, c'était géant ; que mes avant-bras le faisaient flasher un max et qu'il aimerait bien, juste après sa ligne, dans la montée, que je lui fasse une clé au cou. Je n'ai rien répondu. En revenant avec sa merde, il a ajouté qu'une copine viendrait probablement bientôt nous rejoindre, qu'il adorait se faire enculer en prenant une nana ; qu'elle était un peu chiante parce qu'elle lui tapait souvent du fric, mais que c'était un excellent coup, que c'était aussi une experte en *breath control* et que, si j'en avais envie, je pourrais me la tirer sans problème. Puis il s'est agenouillé devant la table basse du salon pour préparer deux lignes. Moi, dans son dos, je me disais qu'il fallait que je me grouille avant que la nana ne rapplique : je lui ai posé la question, comme ça, sans la moindre entrée en matière. Il n'a pas entendu ou n'a pas voulu entendre. Alors j'ai répété plus fort ; il n'a toujours pas répondu et la rage m'a pris : je lui ai fait une clé au cou et j'ai serré sa gorge, entre mon avant-bras qui le faisait flasher et mon torse. Fort. Il a donné des signes de détresse respiratoire, je l'ai lâché et j'ai reposé la question. Il s'est retourné. Il y avait de la terreur dans ses yeux. Il m'a tout raconté en détail : le choc, il s'était arrêté, il était descendu.

Nouveau silence de plusieurs minutes.

— Ce n'était pas un clébard.

Thierry se tut de nouveau. Je ne savais quoi dire, ni quoi faire.

— Il m'a juré qu'il avait cru que le mec était mort. Il avait eu peur. Il s'était tiré. Alors je lui ai dit qu'il allait m'accompagner tout de suite chez les flics pour leur raconter tout ça. Il a hoché la tête ; il a juste demandé si on pouvait baiser avant, passer la nuit avec la nana. J'ai répondu que non. Il m'a tendu un deuxième verre de vodka et il m'a demandé si, au moins, il pouvait sniffer la ligne qu'il s'était préparée. Pourquoi je l'ai laissé faire ? Je pense qu'il me faisait un peu pitié. Aussi. Il s'est tapé sa ligne et m'a proposé la deuxième.

Nouveau silence.

— Tu l'as prise.

— Non… enfin je crois.

— Tu crois ?!

— Oui je crois. Je suis certain de l'avoir refusée, et en même temps, à partir de là… c'est le black-out.

— C'est-à-dire ?

— Plus rien, je ne me souviens plus de rien. Je me réveille chez moi, le lendemain, au milieu de l'après-midi, avec un mal de crâne infernal. En civil — mon costume de diable bien plié dans mon sac.

— Tu l'as tué ?

Il y eut un long silence. Thierry qui, depuis le début de ses aveux, était blotti contre mon torse, s'assit dans le lit. Il me fixa droit dans les yeux.

— Je te jure sur la mémoire de Raphaël que je n'en sais rien.

— Toi ? un psychiatre !

— Et alors ? on n'est pas fait autrement que les autres. Un stress émotionnel aussi puissant, après les semaines tragiques que je venais de vivre. Je n'avais aucune raison de le tuer puisqu'il avait accepté de me suivre chez les flics.

— Mais vous n'y êtes pas allés.

— Non. Et je ne sais pas pourquoi.

— La fille est arrivée ?

— J'y ai pensé, mais vraiment je suis incapable de le dire. Dans mon dernier souvenir, je vide mon second verre de vodka, il est agenouillé à mes pieds, devant la table, il est torse-poil, mais il a encore son pantalon garance, alors qu'on l'a retrouvé nu... Peut-être qu'elle est arrivée, que je les ai laissés ensemble en le faisant jurer qu'il se constituerait prisonnier le lendemain, et que, comme c'était un lâche, il en a profité pour fuir en demandant à la fille de serrer trop longtemps. Peut-être que dans le verre de vodka qu'il m'a resservi, il a versé du GHB, assez pour m'assommer, qu'il a attendu la fille, qu'ils m'ont ramené chez moi, qu'il lui a demandé de l'aider à fuir, qu'elle a exigé du fric, trop... Peut-être qu'elle n'est pas venue et qu'au moment de partir avec moi chez les flics, il a changé d'avis, que la rage m'a repris — surtout à cause du clébard, le reste encore je pouvais comprendre, mais pas qu'il ait dit s'être payé un clébard ! Peut-être qu'alors je l'ai repris entre mon avant-bras qui le faisait flasher... Peut-être, et peut-être que j'ai de nouveau serré. Trop. Peut-être, mais je n'en sais rien. Vraiment.

Une larme coulait sur sa joue.

— En plus de l'absence de Raph, je vais devoir vivre avec cette incertitude-là, jusqu'à la fin de mes jours. Et toi, qu'est-ce que tu vas faire ?

— Rapport à quoi ?

— Les flics.

— Je ne t'ai pas cru une fois et j'ai eu tort. Cette fois, je te crois. Or, puisqu'il est impossible de savoir ce que tu as fait ou non et qu'en droit français le doute doit toujours bénéficier au suspect, je ne vois pas ce que je pourrais faire de plus.

Depuis, Thierry est devenu pour moi un amant plus ou moins régulier. Il est aussi devenu notre ami, à mon mec et à moi. Mon mec à qui on ne la fait pas et qui, pourtant, pas plus que moi, n'a aujourd'hui de doute sur la sincérité de Thierry.

Fin novembre, nous nous retrouvâmes, Marina et moi, sans Cyrille, au salon de Colmar : vin chaud, ouverture du marché de Noël, choucroute et passionnante visite nocturne, sous la conduite de sa conservatrice, à l'hallucinant retable de Grünewald du musée Unterlinden.

— Regarde, me dit-elle le premier soir, pendant le tour guidé de la vieille ville qu'on nous avait réservé. C'est bien ce que je pensais.

— Mais encore ?

— Tu ne vois pas ?

— Et qu'est-ce que je devrais voir ?

— Albertine, il l'a retrouvée !

Effectivement, la rate, sur l'épaule de Cédryk, avait bien la joue gauche tachée de blanc.

— Tu crois donc que la thèse de Cyrille est la bonne ?

— Et toi, tu crois qu'il n'en est pas capable ? Pour quelle autre raison aurait-il escamoté Albertine en venant à Brive alors qu'elle est là aujourd'hui ?

— Je n'en vois pas, en effet. Je doute que cela suffise aux flics, mais ça prouve au moins une chose.

— Et quoi donc ? demanda Marina étonnée.

— Qu'il aime vraiment Albertine. Je veux dire que ce type est capable d'aimer vraiment… quelqu'un. C'est rassurant finalement, non ?

Un mois plus tard, à la veille de Noël, Cédryk et un de ses ex se retrouvaient en garde à vue. La balle qui avait tué la rate venait de l'arme découverte lors de la perquisition au domicile de cet ami. Ils écoperaient tous les deux de six mois de prison avec sursis — pour fausse tentative de meurtre sur la personne de Cédryk. Pas pour l'assassinat de la rate de substitution.

Mais comment la police en était-elle arrivée à la même conclusion que nous ? C'est la question que je posai à Marina lorsque nous nous retrouvâmes en avril. L'adorable équipe de la Foire du livre de Saint-Louis nous avait concocté une visite privée au *Kunstmuseum* de Bâle. Magique. Nous avions choisi d'écumer les collections de la fin du Moyen-Âge et des débuts de la Renaissance. Nous avions pris un peu de retard sur le groupe, à cause d'une Vierge à l'enfant de Cranach, plutôt pulpeuse, un rien aguicheuse même, aux lèvres incarnat et sans la moindre auréole au-dessus de sa tignasse frisottée digne d'une courtisane vénitienne — plus Vénus que Marie —, dont le poupin, tenant un croquet dans sa menotte, évoquait davantage Cupidon que le futur crucifié.

— Comment veux-tu que je le sache ? me répondit-elle.

— Tu ne penses pas que quelqu'un aurait pu les aiguiller ?

Nous arrivions devant un terrifiant cadavre du Christ de Holbein, si caractéristique de la monstrueuse et pathologique fascination du macabre qu'a développée le christianisme occidental.

— J'ai vraiment une tête de balance? me demanda-t-elle, les yeux dans les yeux, avec juste un petit sourire énigmatique au coin des lèvres.

— Mon Dieu...

Là non plus je n'en saurais pas davantage!

— Comment ça, vous n'êtes pas au courant?!

Cyrille venait de faire irruption dans la salle du petit-déjeuner, en ce dernier dimanche avant la Pentecôte, troisième jour de la Comédie du livre à Montpellier. L'avant-veille, nous nous étions retrouvés tous les trois, Marina au centre, sur le stand de Sauramps — soleil radieux sur la place de la Comédie, une des plus belles du monde après celle de Bergame, et surtout après celle de mon village du volcan — un village qui commençait singulièrement à me manquer, depuis septembre que je l'avais quitté.

La veille au soir, naturellement, Cyrille avait dragué... Non, mieux vaut ne pas préciser: ce livre est édité par H&O avec le soutien de la région Languedoc-Roussillon!

— Allez, ça va... arrête ton cinéma!

— Non mais je vous jure, ils viennent d'arrêter l'assassin de la Sénéchal!

— Ah oui! et qui c'est?

Pour catholique, inspectrice des Finances et très à cheval sur les convenances qu'elle fût, Marie-Monique n'en avait pas moins trompé son époux, haut dirigeant d'une société de services aux collectivités. Avec son attaché de presse. Après avoir travaillé chez Grandeuil pendant des années, celui-ci avait monté son agence deux ans auparavant et Marie-Monique avait bien sûr exigé de son éditeur que la structure naissante de son protégé s'occupât de ses livres. Elle s'était aussi dépensée sans compter pour que la boîte obtienne d'autres contrats et s'impose dans le paysage éditorial. Mais une semaine avant la sortie de *La Salamandre de Carinthie*, Marie-Monique avait découvert que son amant la trompait — comme son héroïne le chef des comitadjis. Avec une Ôteuse qu'elle abhorrait, qu'elle considérait depuis vingt ans comme son ennemie intime.

Que Damien la fasse cocue, elle aurait pu à la rigueur le pardonner, mais avec cette garce ! Son amant lui était devenu odieux, leurs relations s'étaient aigries chaque jour davantage — mais elle n'avait pas le moindre bachi-bouzouk sous la main à qui le livrer. Aussi avait-elle imaginé une autre vengeance dont elle l'avait menacé au cours d'une altercation — brève, mais violente et publique —, durant le coquetèle viennois qui avait suivi sa conférence à la Société internationale pour la mémoire d'Élisabeth d'Autriche. Lors de son passage à Paris pour les fêtes, le conseiller culturel de l'ambassade avait raconté l'incident à la table d'un dîner en ville où se trouvait aussi un des pontes de la brigade criminelle. Convoqué par le commissaire chargé de l'enquête, le diplomate avait confirmé. Il avait cru comprendre qu'il s'agissait d'un entretien annulé avec une radio ; d'après lui, Marie-Monique avait parlé de faire enlever la promotion de son livre à cet attaché de presse, dès le début de la semaine suivante. Le patron de Grandeuil avait confirmé que, lors du dîner de gala à Nancy, Marie-Monique lui avait demandé de retirer son bouquin à Damien ; suffisamment fort pour que son ex-amant, à trois mètres de là, l'entende parfaitement.

Mis en garde à vue lui aussi, il avait tenu trois heures de moins que Cédryk. À Nancy, après le dîner, Damien était venu voir Marie-Monique dans sa chambre pour tenter de la fléchir. En vain : non seulement elle avait refusé de revenir sur sa décision à propos de *La Salamandre*, mais elle avait ajouté qu'elle prendrait soin, désormais, que plus aucun éditeur de la place de Paris ne lui signe le moindre contrat. Et puis qu'il avait intérêt à mettre sa comptabilité en ordre parce qu'il pourrait se retrouver bientôt avec un contrôle fiscal sur le dos. Pour monter sa boîte, Damien avait contracté des emprunts ; si elle mettait ses menaces du soir à exécution avec autant de célérité que la première, il n'avait plus qu'à se retenir une place sous le pont de Neuilly : c'est d'ailleurs ce qu'elle lui avait conseillé.

Il s'était humilié, il l'avait suppliée ; cela n'avait fait que la rendre plus intraitable et plus cinglante. Il s'était énervé ; le poinçon de Lucheni était à portée de sa main, dans la valise ouverte. Il s'en était saisi, l'avait menacée ; elle était partie d'un grand rire, l'avait mis au défi, traité de lâche — giflé…

Comme chaque année, fin juin, le salon de Nice clôtura la saison, dont *R. A. Z.* était incontestablement l'un des triomphateurs. Le tirage auquel nous étions parvenus atteignait celui d'un très honorable Goncourt. Sordel me pressait de lui montrer mon Thémistocle : il fallait battre le fer tant qu'il était chaud, ne pas attendre qu'on m'ait oublié. Mais je n'avais jamais eu l'esprit assez libre pour m'y remettre vraiment durant l'année. Je ne suis pas comme Marina qui parvient à écrire tout en menant sa vie professionnelle, en s'occupant d'un mari, d'un fils, d'un cochon d'Inde et d'un rugbyman au pair, en plus d'organiser régulièrement des dîners délectables et chaleureux pour ses amis ! Moi, pour écrire, il me faut du temps, de la disponibilité, savoir que le téléphone ne va pas m'interrompre trois fois dans l'après-midi, me coucher et me réveiller avec ce que j'écris.

C'est pour cela que j'écris à K. comme je n'écris nulle part ailleurs. Quelques jours après Nice, nous étions donc repartis sur notre volcan, mon mec et moi. Il y a seulement un mois de cela, mais mon Thémistocle a déjà très sérieusement avancé. Aurai-je pour autant le temps de le terminer avant le retour à Paris ?

Ce matin, nous sommes descendus au café Internet pour relever nos courriels : dans le lot, il y en avait un de Sordel, accompagné du scanner d'un article paru avant-hier dans *Le Canard*. Trois mois après le limogeage par Brassov du patron de la Direction centrale du renseignement intérieur (pour n'avoir pas su prévenir l'attentat à la godasse — qu'il s'est prise en pleine poire — lors de sa conférence de presse avec le Premier ministre israélien), des fuites ont mis notre indispensable volatile national sur la piste des assassins de Zazor.

Il semblerait qu'avant d'envoyer sa (quatrième) moitié au commandant Ben Salam, pour obtenir, devant les caméras, la libération des cinq vétérinaires slovaques condamnés à mort pour avoir inoculé le virus de la peste du chameau aux troupeaux décimés l'année précédente en République islamique du Balochistan, Brassov lui avait, dans le plus grand secret, dépêché Zazor. Ben Salam et Zazor avaient été amis, jadis, pendant leurs études en Sorbonne, et Zazor avait été autorisé, semble-t-il, à promettre au dictateur, en échange de la grâce accordée quinze jours plus tard à Mme Brassov, un réacteur nucléaire et quelques frégates ultra-modernes.

Mais lorsque, après la libération des vétérinaires, les Américains et les Israéliens avaient été mis au parfum des termes de l'échange, ils s'étaient fâchés tout rouge. Aussi, bien que Brassov eût mis les petis plats dans les grands pour la visite de Ben Salam à Paris, déroulé tous les tapis rouges de la République et ciré avec application les babouches du tyran, lorsque notre président avait annoncé au commandant qu'il n'y aurait ni frégates ni réacteur, celui-ci avait répliqué, glacial, qu'une parole donnée est une parole donnée, et que celui qui y manque doit payer le prix du mensonge.

D'après la source du *Canard*, un des deux gardes du corps loués par Zazor à la Pax and Securitas, celui qui l'avait escorté jusque chez lui au retour de Saint-Étienne, était en fait un agent du dictateur balochistanais. Il avait repris l'avion sans encombre, deux jours après le décès.

Du coup, Sordel m'écrivait que, même si le meurtre de Flavien restait inexpliqué, il était évident pour tout le monde désormais que cette mort-là, pas plus que les autres, n'avait rien à voir avec le Goncourt. Il avait rencontré la veille un membre du jury — celui dont Thierry avait jadis sauvé le fils —, lequel lui avait confié que ses collègues songeaient sérieusement, comme ils l'avaient fait en 1916 pour celui de 1914, à décerner en novembre prochain le Goncourt de l'année en cours… ainsi que celui de l'an passé. Il avait ajouté que, dans cette hypothèse, je conservais toutes mes chances !

Mon mec revient du bar où il est allé payer nos cafés frappés.

— Sordel voudrait que je rentre en septembre pour être à Nancy : il paraîtrait que, pour le Goncourt…

— Oh non, ça ne va pas recommencer ! Fous-nous la paix avec ton Goncourt. Allez, allez, on a assez perdu de temps, on va à la plage.

Achevé d'imprimer en septembre 2009
par l'imprimerie GGP Media GmbH à Pößneck
pour le compte de H&O éditions
CS 00001 - 34270 Le Triadou
Tél. 04 67 58 14 73 - Fax 04 67 58 23 46
Courriel : heto1@wanadoo.fr
Internet : www.ho-editions.com

Dépôt légal : septembre 2009
Imprimé en Allemagne.